書下ろし

スマイル・ハンター

憑依《ひょうい》作家 雨宮縁《えにし》

内藤 了

祥伝社文庫

Contents

Smile

プロローグ

夜になると雨は激しさを増した。カーテンが白く光って、雷鳴がとどろく。

眠れずに部屋のなかを眺《なが》めていると、稲妻《いなずま》の一閃《いっせん》が床《ゆか》を走ってドアを照らした。雷鳴は龍が天を駆《か》けるかのようだ。雨音はバタバタと忙《せわ》しなく、ごおっと風が窓ガラスを揺らす。

コン、コツン、ピシッ！　小石が当たるような音もする。

少年はそれが気になってベッドを下りた。

今年は台風が異常に多く、停電することもしばしばだった。そうなったとき妹が怖《こわ》がらないよう、懐中電灯を枕元に置いている。枕の下からそれを出し、忍び足で窓に寄る。ふたつ並んだ勉強机で、置き時計が秒針を刻《きざ》んでいる。時刻は二十二時四十五分。振り向いて妹の様子を窺《うかが》うと、二段ベッドの上の段から心配そうに見下ろしていた。

「お兄ちゃん。また台風？」

あどけない声で訊《き》く。

「そうだよ。でも、心配しないでいいからね」

うん。と答えはしたものの、妹は横になろうとしない。ベッドの縁《ふち》を両手で摑《つか》んで、じっとこちらを見つめている。一瞬だけ稲妻が、妹の不安げな顔を映《うつ》し出す。

バリバリバリッ！と音がして、妹は掛《か》け布団《ぶとん》の下に避難した。

少年はカーテンを開けてみる。ガラスが雨で曇《くも》っていて、懐中電灯の光が乱反射した。明かりを消して外を見下ろす。

雨は川のように窓を流れて、真っ黒な屋外のシルエットが見えた。家を取り囲む森が風にうねって、いつもよりずっと樹高が低い。森の外《はず》れに一本だけある外灯が激しい風に煽《あお》られて、無舗装《むほそう》の道をゆらゆら照らし、それ以外の場所は真っ暗だ。道の奥が水田で、明かりは外灯だけしかない。遥《はる》か彼方《かなた》に街の灯が見えるが、あまりに小さくまばらな光は、妹が好きなビーズのように儚《はかな》げだ。直径一ミリ程度の小さなビーズ。それをまき散らしたら、ちょうどあんな感じだろうと少年は思う。

折れた枝が飛ばされてきて、窓に当たった。ピシッとガラスが悲鳴を上げて、不思議な音の正体を知る。天空を切り裂く紫の光、それは一瞬だけ風景のシルエットを見せて、水田の向こうのどこかへ落ちた。

「こわぁーいっ」

妹が布団の中で泣き出した。少年は懐中電灯を置いてベッドの縁に足を掛けると、上段を覗《のぞ》き込んで妹に訊いた。

「なら、お兄ちゃんと一緒に寝るか？」

「うん、寝る。一緒に寝る」

現金にも掛け布団を跳ね飛ばし、妹はハシゴを降りてくる。足が床につく前に抱き留めてやり、床に下ろした。背伸びして妹の枕を取ると、少年はベッドの下段に上がり、奥へ移動して手前を空《あ》けた。その場所へ、妹がすっぽり入って来る。

「もう小学生なのに、臆病だなあ」

からかうと、

「オクビョウってなに？」

と、妹は訊いた。

「怖がりってことだよ」

「だってこわいもん」

悪びれもせずにすり寄って、

「中学生になればこわくない？」

と兄に訊《たず》ねた。

また稲妻が光ったが、泣き声を上げずに我慢している。そのかわり、「お話しして」とせがんできた。小さな身体《からだ》を掛け布団でくるみ、少年は考えて、話し始める。

妹が怖がらなくていいように、稲妻に切り裂かれた空の隙間《すきま》から星が降ってくる話を作る。赤い星、青い星、白い星に、流れ星。そういうものがこぼれ落ちてきて、嵐が去った朝に木々の梢《こずえ》や屋根で光るというお話だ。

「本当にお星さまが落ちて来るの？　愛衣《あい》も拾える？」

「うーん……そうだな……」

少年はしばし考え、「拾えるかもね」と、曖昧《あいまい》に答えた。

「じゃ、明日、お兄ちゃんと拾いに行く」

それはちょっと困ったぞと少年は思い、このお話の顚末《てんまつ》をどうしたらいいかと考える。けれどそのうち妹は、幸福そうな寝息を立てて眠ってしまった。

まあいいや。一緒に星を拾いに行って、あとはそれから考えよう。

妹のぬくもりに癒《い》やされながら、少年も眠りに落ちる。もう嵐は気にならなかった。

どれくらい眠ったろうか。

少年は、何かが壁にぶち当たる『ドン！』という衝撃で目が覚《さ》めた。激しく言い争う声がして、

「人殺しーっ！」

と叫ぶ悲鳴を聞いた。幸せな夢はどこかへ消えて、少年は身体を硬くした。これもまた

夢なのか、それとも何かの冗談か。考えるうちにドアが開き、風とも冷気ともつかぬ何かが躍《おど》り込んで来た。

激しい息づかいと、嗅《か》いだことのない臭《にお》い。その気配は少年の心臓を強く絞《しぼ》った。

誰が来たのかわからない。その人物は真っ黒で、光る刃物を握っていた。

咄嗟《とっさ》に少年は懐中電灯を手に握り、片腕に妹の身体を抱いた。わずか一秒、いや、二秒。黒い人物は二段ベッドに駆け寄ってくるなり、刃物で下段の布団を突いた。あっと思う間もないほどの早業《はやわざ》だった。ギャッと妹が叫び声を上げ、抱き寄せていた身体がのけぞった。

何も考えることができなくなった。少年は庇《かば》うように妹の上に乗り、再び刃物を振り上げた賊《ぞく》の目に、懐中電灯の光を浴びせた。

「ううっ！」

賊がひるんだ隙にベッドを飛び出し、掛け布団を剝《は》いで牽制《けんせい》し、妹の小さな身体を抱き寄せたとき、首根っこを摑んで倒された。少年は懐中電灯を振り回して応戦したが、もみ合っているうちにうなじを切られた。

「逃げろ！　愛衣、逃げろ、早く！」

背中に庇った妹を窓際《まどぎわ》へ押しやると、パジャマを摑んだ手がヌルリとした。悲鳴も上げず、泣き声も出さず、妹は窓辺へ走っていく。自分の肩が血で濡《ぬ》れているような気がしたが、それどころではない。少年は姿勢を低くして、賊の足首にタックルした。賊は尻餅《しりもち》をついてひっくり返り、衝撃で刃物を床に落とした。剣のように懐中電灯を振り回しながら妹のそばへ行き、勉強机の上に抱き上げる。強引に窓を開けると、凄《すさ》まじい風と雨が吹き込んでカーテンを舞い上げた。一メートルほど下に一階部分の庇《ひさし》が見える。雨で濡れているので、妹を外に出したら滑《すべ》って地面に落下するかもしれない。机に飛び乗って妹を抱くと、彼女は口から血を吐《は》いた。賊は四つん這《ば》いになって刃物を探す。暗いのでどこに落としたかわからないのだ。

少年は窓から懐中電灯を放った。

吹き込む雨に濡れながら、守るように妹を抱き、窓枠の桟《さん》に足を掛けた。獣《けもの》のような雄《お》叫《たけ》びを上げて、背後に殺気が迫ってくる。桟を蹴《け》り、二人一緒に庇へ落ちた。足下が凹《へこ》む感覚があり、身体は雨で滑ってゆき、止まることなく投げ出されてしまう。刹那《せつな》、少年は妹の頭を両腕で守り、背中から地面に落下した。足がどこかに接触し、歪《いびつ》にねじれて妹の身体の下に入った。したたかに背中を打ち付けて呼吸が詰《つ》まる。足が折れたのはわかったけれど、少しも傷みを感じなかった。それよりも、痙攣《けいれん》しながら冷えていく妹の身体が怖かった。様子を見たいのに起き上がれない。肩に温かなものを感じる。妹がまた血を吐いたのだ。目を開けると、真っ黒な雨が降っていた。

妹と自分の血液が、雨に溶《と》けていくのがわかる。

「愛衣……愛衣……しっかりして……お願いだから」

小さな頭をまさぐりながら、自分の意識も遠のいて行く。見えるのは放射状の雨粒で、聞こえるのは風の音だけだ。愛衣が死んじゃう。傷口を押さえなきゃ。血を止めて、人工呼吸を……闇《やみ》の中、少年は妹の声をまた聞いた。

――本当にお星さまが落ちて来るの？　愛衣も拾える？

じゃ、明日、お兄ちゃんと拾いに行く――

第一章　幸福な家族の肖像

ゴールデンウィークの都内は開放感に満ちている。

空に赤い風船が飛んでいるのに気がついて、蒲田宏和《かまたひろかず》はカメラを向けた。フリーになったばかりなので、連休だからといってのうのうとしてはいられないのだが、楽しむ人々のなかに身を置くと、不思議に気持ちがワクワクしてくる。瑞々《みずみず》しく葉を茂らせたクスノキ越しに、真っ青な空と白い雲、赤い風船という絶好の画《え》を撮ったあと、デジタル画面を確認し、再度カメラを中空に向けたが、風船はすでに小さくなりすぎていた。

誰が飛ばしたのだろうと周囲を見たが、それらしき子供の姿はない。近くの大井《おおい》競馬場か、それとも平和島《へいわじま》あたりから飛んで来たのだろう。

大井ふ頭《とう》中央海浜公園は敷地が広く、緑地の他にもスポーツスタジアムや野球場、テニスコートを整備している。東京湾と京浜《けいひん》運河に挟《はさ》まれて、爽《さわ》やかに潮風が吹く人気の海上公園だ。

蒲田は今日、新刊本の装丁《そうてい》に使う写真が欲しくてここへ来た。

〝なぎさの森〟と呼ばれるエリアでは、家族連れが芝生にピクニックシートを広げている。日除《ひよ》けテントを張って本を読む青年や、ランチバスケットを囲む若い夫婦、芝生へ駆け出していく子供など、長閑《のどか》な光景が広がっている。森を出たところに三日月形をした砂浜があって、湾曲する浜越しに広大な空と徐々に遠ざかっていく森の景色を望める。蒲田はその画が欲しくてここへ来た。光の加減は申し分ないので、黒っぽい浜と光る水、新緑の森と青い空を写せるはずだ。

三十二歳の蒲田は、昨年まで『黄金社《おうごんしゃ》』という出版社の装丁部に勤務していた。しかし、会社組織の再編で部署は解体されてしまい、図らずも独立する羽目《はめ》になったのだ。仲間たちは別の会社に異動したり、転職したり、下請け会社を起こしたりしたが、蒲田は独り身の身軽さから、フリーになる道を選んだ。給料分程度を稼《かせ》ぐなら、個人でも楽勝だと思ったからだが、いざ起業してみると予想外に経費がかかって愕然《がくぜん》とした。サラリーマン時代と同等の手取り金額を得ようとすれば、給料の三倍以上を売り上げなければならない。かつては、天引きされる厚生年金や保険料、源泉徴収などに散々文句を言っていたのだが、あれはつまり、こういうことだったのかと知った。

仕事がいきなり軌道に乗るわけもなく、今は可能な限り経費を切り詰めることで踏ん張っている状態だ。最も身につまされたのは装丁デザインに使う素材の費用で、イラストが必要ならばイラストレーターに、画像が必要ならば画像データに、経費を支払わなくてはならない。会社員時代は気にしたことすらなかったが、すべてが自腹の個人事業主になってみれば、経費の無駄が気に掛かる。妥協した素材を高額で仕入れるより痒《かゆ》いところに手が届くような素材が欲しい。蒲田が趣味のカメラを仕事に応用するようになったのは、そんな理由からだった。

なぎさの森は風光明媚《ふうこうめいび》な公園だから、来るたび何人ものカメラマンを見る。剝《む》き出しのカメラを首から提《さ》げて、よいショットを逃すまいと常にカメラに手を置いているのがそれだ。互いに挨拶《あいさつ》を交わすことはほとんどないが、どんな機材を使っているか気になって、すれ違うときはカメラに目がいく。

小鳥を撮る人や、花を撮る人を遠目に見ながら、蒲田は目的の場所へと向かった。海岸沿いの森のなかにも撮影者の影がある。松林に立つ人の細長いシルエットが逆光に黒く浮かび上がって、その奥で海がキラキラ光る。ちょっといい画だなとカメラを構えると、相手が動いたので撮るのをやめた。カメラを提げていると撮りたい画が次々に出て、使うあてもない画像データが増えていく。困ったものだと苦笑して、蒲田はまた歩き出す。

森を出た先が砂浜で、コンパクトな浜辺に黄色いサンダルを脱ぎ捨てて、小さい子供が遊んでいた。半ズボンの裾《すそ》がカボチャのように膨《ふく》らんだロンパースを着て、黄色いリボンの麦わら帽子を被《かぶ》っている。若い父親がそばにいて、白いワンピース姿の母親が、木陰で父子を見守っていた。

子供はまだ三歳くらいで、かわいらしく笑いながら砂浜をよちよち走って行く。足を取られて転《ころ》びそうになると父親が素早く抱き上げる。高い高いをして地面に下ろすと、またもよちよち走り出す。

幸せを絵に描いたような家族だと思った。

二人を見守る母親の髪が潮風になびいて、ぷくぷ《ぷく》くとした子供の足が水しぶきをあげる。母親のワンピースが風をはらんで、まるで一幅の絵のようだ。彼女の笑顔は清々《すがすが》しくて、白い歯と、弓形に細めた目が涼《すず》しげだ。蒲田は思わずシャッターを切った。

少し走った先で子供は止まり、その場にしゃがんで何かを拾う。カボチャパンツが波に濡れ、父親が慌てて走って行く。母親も籠《かご》のバッグを抱えてそちらへ向かった。パンツは波に濡れるまま、仲良く屈《かが》んで砂を見ている。カニか、ヤドカリを見つけたのかもしれない。

さて、では仕事をしようとファインダーを覗いたが、欲しい画角の真ん中に三人がいるので諦《あきら》めた。蒲田はもう一枚彼らを撮って、自分はその場に腰を下ろした。

欲しいのは砂浜と森と空だけなのだ。装丁にタイトル文字が入ることを考慮して、左上部に空を配置し、右下に森と浜を入れたい。無駄なものが映り込んでも、ある程度はデジタル処理で消し込めるのだが、人間を消すのは縁起が悪い気がしてイヤだ。

カモメが高く空を飛び、白い綿雲が浮かんでいる。砂浜に腰を下ろして空を仰《あお》げば、狭い東京湾の一角も、まるでリゾート地のようである。入り江は波が静かなので、砂を洗う音もほとんどしない。小石の間を動くものがあり、見れば小さなヤドカリだった。巻き貝の殻《から》を身にまとい、無防備に砂浜を移動しては、立ち止まる。

あの子が見つけたのもこれだろうか。

そんなことを考えていると、親子連れが戻ってきた。

子供を真ん中にして時々ブランコのように持ち上げながら歩いてくる。男の子だろうか、女の子なのか、小さい子の性別は、一見しただけではわからない。つないだ手元に目をやると、父親の手首にカラフルなミサンガが結ばれていた。赤と黄色と緑の紐《ひも》で、同じものが母親の手首にも、子供の腕にも結ばれていた。蒲田のそばで足を止め、脱ぎっぱなしだったサンダルの砂を払って子供に履《は》かせ、微笑《ほほえ》みかけてくる。

「こんにちは」挨拶すると、「こんにちは」と両親が言い、子供もニコッと微笑んだ。

母親は色白の美人で、父親は愛嬌《あいきょう》のある笑顔が誰かに似ているような気がした。

三人が去るのを待ってから、人気《ひとけ》のない砂浜にカメラを向けた。三筋の足跡が残る砂浜の写真を連写しながら、(ああ、そうだ)と蒲田は思った。最近人気の俳優だ。父親は彼に似《に》ていたんだ。

振り返ってみたけれど、幸せそうな家族の姿は、なぎさの森に消えてしまったあとだった。

蒲田は品川《しながわ》区大井のマンションに住んでいる。『コーポ大井壱番館《いちばんかん》』とたいそうな名前がついてはいるが、建物は一棟しかなく、入居世帯が十六軒の古い四階建てマンションである。キッチン、バス、トイレ付きの1LDKで、家賃は十一万八千円。他に五万円の駐車場代を払っている。間取りは八畳のリビングと予備室で、バルコニーに面した四・二畳の予備室にパソコンとスキャナとプリンターを置いて仕事部屋にしている。

撮ってきた写真の整理をしていると、パソコンに一通のメールが入った。

【季刊情報誌に載せる写真撮影のお願い】という件名だ。

送り主は真壁《まかべ》といって、黄金社のノンフィクション部門を担当している名物編集者だ。もともとはドル箱の文芸局にいたのだが、『出版界にいる者として、売れ行きに関係なく、残すべき本を作るのだ』という矜持《きょうじ》のもと、今では妙なノンフィクション本ばかり作っている。

社員だった頃はあまり付き合いがなかったが、登山や野球という共通の趣味が幸いしてか、フリーになった蒲田を何かと気に掛けてくれるありがたい存在だ。

蒲田は作業の手を止めて、真壁のメールを確認した。

——蒲田様。

お疲れ様です。急な話で申し訳ないのですが、来週九日か十日のどちらかで、撮影取材に同行してもらえないでしょうか。現場は都内の数カ所です。車も出してもらえれば、ガソリン代はこちらで持ちます。どちらの都合がよいかメールください。

真壁——

蒲田は思わず苦笑した。

毎度のことだが、両日とも都合がつかないという考えはないらしい。卓上カレンダーでその日の予定を確認すると、悔《くや》しいことに両日とも空《あ》いている。

蒲田は真壁に電話を掛けた。

「はい。黄金社の真壁です」

真壁は重厚なアルトの持ち主で、編集者らしく当たりは柔らかい。年齢は知らないが、五十がらみであるのは確かだ。

「蒲田です。今、いいですか？　メールの件で」

真壁はすぐさま「いいよ」と答えた。

「取材の日、ぼくはどっちでもいいですけど」

単刀直入に言うと、真壁は黙った。付箋《ふせん》で膨らんだ予定帳を見ているのだろう。

「じゃあ十日にしようか。そのあと一杯どう？」

十日は金曜だ。真壁のことだから、仕事後に取材費で酒を奢《おご》ってくれるつもりなのだろう。もっともその分ギャラは安いし、そもそも蒲田は酒が強くない。毎度真壁の酒飲みに付き合わされているようなものだが、それはそれでありがたくもある。

待ち合わせ場所と時間を決めて電話を切ろうとすると、真壁が言った。

「蒲田くん。あと、いちおうさ、着替えを持ってきたほうがいいかもね」

「え。なんか汚れる現場ですか？」

「うーん、どうかな、もしかして――」

臭いが付くかもしれないから、と真壁は言う。

「なんですか、臭いって。何の取材なんですか」

「ゴミ屋敷」

しれしれと答えた。

「ええっ、ゴミ屋敷って、テレビでよく観《み》るヤツですか？　都内にゴミ屋敷なんてありましたっけ」

「けっこうあるよ。でも、今回の取材対象は一軒家でなくアパートなんだ。ゴミ屋敷というよりゴミ部屋かな。家主も年寄りじゃなく、二十代や三十代の若者だ。俺は今、ゴミ部屋の本を作ろうとしていてさ、SNSで取材を受けてくれた人物の部屋を回る予定なんだよね」

「ぼくが撮るのはゴミですか」

「うん。人物は入れないようにして、部屋の様子を撮って欲しいんだ。あれなんだよね、アポを取り付けてもその通りに事が運ぶとも限らないから、何軒か回る予定にしている。事前にガソリンを入れてくる場合は、レシートをなくさないように」

言いたいことだけ言うと、真壁は先に電話を切った。

「ゴミかあ……」

真壁とは、独立してから組んで仕事することが多くなった。先日もやはり写真を撮って欲しいと頼まれて、連れて行かれたのは山形《やまがた》で、蔵王《ざおう》国定公園の特別保護地区で、昔、熊狩りをしていた爺《じい》さんを取材した。泊まりの予算はなかったのに、山を歩いているうちに日が暮れて、無人駅のベンチで始発列車を待つ羽目になった。

明かりの乏《とぼ》しい無人駅と厳しい寒さ。迫ってくるような山の暗さ。二人揃《そろ》って冬眠明けの腹ぺこ熊に喰《く》われるんじゃないかと、生きた心地がしなかった。

「真壁さんと組むと、大抵ろくな目に遭《あ》わないんだよな」

蒲田は独り呟《つぶや》いて、今日撮ってきた写真の加工に入った。

撮りためた写真は約三百枚。デジタルなので現像代がかからなくなったのはいいが、重いデータを大量に保存し続けるのも大変なので、即日整理する癖《くせ》をつけている。改めて見ると、浜辺で出会った親子の写真が秀逸《しゅういつ》だった。肖像権があるから使用できないが、ストックフォトに売ってもいいほどの出来である。

蒲田はデータを廃棄《はいき》せず、デスクトップのフォルダに納めた。

ゴールデンウィーク明け、火曜日の午後。砂浜と森と空に女性を配した装丁デザインほか二点の素案を準備して、蒲田は大井町《おおいまち》駅から京浜東北《けいひんとうほく》線に乗車した。黄金社があるのは神保町《じんぼうちょう》で、打ち合わせにはいつも電車を使う。乗り換えの田町《たまち》駅までわずか二駅。マンションやオフィスビルの見慣れた光景を眺めながら電車に揺られ、車体が田町駅に滑り込んだとき、それは起こった。

振動自体はわずかであった。急ブレーキが掛けられて、通常の停止位置よりかなり手前で電車が止まった。続いて激しく警笛が鳴り、甲高《かんだか》い音が神経を逆撫《さかな》でして、心臓が痛くなるほどだった。何か起きたのは間違いない。乗客は顔を上げ、何人かが不安そうに席を立ち、首を伸ばして前方を窺った。

「人身事故……」

「……人身事故……？」

「え……うそ……人身事故なの……」

先頭車両のほうから、言葉がさざなみのように寄せてくる。

誰か電車に轢《ひ》かれたって
ウソ、やだ、ほんと……

静かな衝撃が車内に染みて、乗客はソワソワと落ち着かなくなった。

蒲田は窓から外を見た。

田町駅のホームが騒然として、何人かの駅員が駆けて来る。

車内では、ピ、と電子音が聞こえたあと、車掌のうわずった声がした。

『えー……あ。現在……えー……当車両は、事故のため……あー……』

しどろもどろになりながら、

『ご乗車のお客様には――』

と、ようやくハッキリ言葉を喋《しゃべ》った。

『――ご乗車のお客様にはご迷惑をおかけして誠に申し訳ございません……当車両は事故のため、現場検証が済むまで発車を見合わせております……え……お客様には……』

以降は同じことの繰り返しだ。先頭車両に移動して、人垣越しに前方を覗くと、運転席の窓ガラスが破損してひび割れていた。進行方向の左側。ホームに近いほうである。

「うわーマジかよ」

誰かが呟き、人々は一斉《いっせい》にスマホを出した。

慌てて蒲田もスマホを取り出し、これから打ち合わせ予定の編集者にメッセージを送った。

――すみません　田町駅で人身事故があったみたいで、打ち合わせ時間に遅れます――

今日の相手は真壁ではないが、返事はすぐに帰ってきた。

――では、社に着いたら受付で呼んでください　大丈夫ですか？――

ぼくは大丈夫ですと打ち返していたら、ブルーシートを抱えた駅員が走って来たので、蒲田は反射的に窓の下を覗いてしまった。

ホームと車体のわずかな隙間、レールの上に大人の男性らしき腕がある。指を折り曲げ、手のひらが上に向いている。血の跡はなかったが、腕の主はピクリとも動かず、白いシャツの袖口《そでぐち》から覗くミサンガが鮮《あざ》やかに蒲田の目を射た。赤と黄色と緑の紐で、結び目に縛《しば》った木のビーズさえ、虫眼鏡《むしめがね》で見たかのようにハッキリ見える。

蒲田はゴクリと生唾《なまつば》を呑《の》んだ。

あの場所からあんな状態で腕が出ているなんて。つまり身体はどうなったんだ？

車両に乗った自分の体重すら、彼の肉体を苛《さいな》んでいるのではないかと怖くなる。

蒲田はそっと後ろに下がり、目をしばたたいてスマホを見つめた。

――大丈夫。ぼくは大丈夫ですけれど、今、外に――

そこまで打って、すべてを消した。

――ご迷惑をおかけしてすみません。受付に着いたら連絡します――

空いている席に座ってから、送信した。

現場検証が終了するまで一時間以上も、動かぬ電車に閉じ込められた。

蒲田はもう外を見なかったけれど、救急車ではなくパトカーのサイレンが聞こえ、車窓の外をブルーシートが行き来して、ホームから乗り出していた野次馬を警察官が追い払い、また時間が経《た》って、ようやく電車の扉が開くと、降り立ったホームは人で溢《あふ》れかえって、改札のあたりまで混雑が続いていた。いつもそこそこの混雑ぶりだったのは、電車が動いて人を輸送していたせいだと、当たり前のことを知る。

ただ座っていただけなのに、蒲田はすっかり疲れていた。

田町駅から三田《みた》駅へ、歩きながらSNSをチェックすると、田町駅でサラリーマンが線路に落ちたとツイートされていた。自殺とも事故とも書かれていないし、助かったのか、死んでしまったかも不明だったが、一瞬だけ見た腕の記憶で、蒲田は死亡と推測した。

「大変でしたね」

ようやく出版社に辿《たど》り着き、打ち合わせが始まると、若い女性編集者がねぎらってくれた。彼女は今年デビューしたばかりの新人作家を担当していて、そのカバーデザインの仕事が蒲田に回ってきたのであった。浜辺の写真はそのために必要だったのだ。

打ち合わせ室にリュックを下ろし、小型のカルトンからデザインラフを出して答える。

「乗ってた電車が人を轢くなんて初めてで……警笛の音が頭を離れなくなりそうです」

「蒲田さんからメッセージをもらって、すぐに検索してみたんですけど、飛び込みだったんでしょうかね？　あまり詳しいことは書かれていなくて」

あの時、車中でスマホをいじっていた人の何人かが、即時ネットに情報をばらまいていたのだと知ってゾッとする。自分たちの足下で、まさに人の命が消えようとしていたあの瞬間、蒲田自身に行えたことは、惨状から目を逸《そ》らすことと、車外へ出られる瞬間を待つことだけだった。被害者は見知らぬ誰かで、心配よりも衝撃のほうが大きかったが、もしもあれが家族や知り合いだったなら……そんな考えすら持てずにいたし、頭を過《よ》ぎったのは打ち合わせに遅れてしまうということだった。蒲田は深いため息を吐《つ》いた。

「どういう状況だったか、わからないんです。電車が止まって気付いた程度で」

外を覗いて腕を見たことは黙っていた。本心を言うと、鮮やかなミサンガが脳裏に浮かんでくるのが恐ろしかった。

「顔色が悪いですけど、大丈夫ですか？」

若い編集者に気遣《きづか》われ、蒲田は作り笑いを浮かべた。

「なんだかんだ言っても、ショックですよね……でも大丈夫、打ち合わせで絞《しぼ》られればシャンとしますから」

絞ったりしませんよと笑いながら、彼女もファイルを取り出した。

販売戦略とでもいえばいいのか、新人作家をどう売り出すか、営業部と打ち合わせるためのメモがびっしりと書き付けられている。蒲田が用意して来たカバーラフをテーブルに並べて、彼女は『魅せ方』についての協議を始めた。


打ち合わせを終えて帰るとき、再び田町駅から電車に乗ったが、人身事故などなかったかのように、駅は通常に戻っていた。改札にもホームにも線路にも、もう事故の痕跡はない。入って来る電車を待ちながら、蒲田は不思議な気持ちがした。今日、ここで、少なくとも一人の男性と、その家族の運命が変わった。それなのに人はいつものように駅を通過し、それぞれの日常へ戻って行く。蒲田自身も同様に。

京浜東北線の列車が滑り込んできて、人垣に押されて車内に入った。車窓では見慣れた街が暮れてゆき、線路脇のマンションに明かりが点《とも》る。空は朱《あか》く、木々は黒い。

再度ネットにつないでみると、その日の午後、田町駅のホームから会社員の男性（28）が転落し、快速列車に轢かれて亡くなったという小さな記事がみつかった。

自殺なのか、事故なのか、原因には触れていなかった。

人身事故のことなど忘れかけていた十日の早朝。蒲田は愛車で新宿《しんじゆく》駅まで真壁を迎えに行った。そのあたりは常に混雑しているから、待ち合わせ場所を綿密に打ち合わせておかないと、停車した一瞬で真壁を拾えない。停車場所を模索しながら新宿駅に近づいて行くと、ガードレールの奥にひときわ派手な服装の中年男性を見た。革のジャケットに白のパンツ、薄紫のスカーフにピンク色のシャツを着て、大きなバッグを提げている。強面《こわもて》でガタイがいいので、真壁だと知っていなかったらお近づきになりたくない感じである。

パッシングすると蒲田に気付いて、真壁は交差点に向かって歩き始めた。まんまと赤信号で車を止めて、助手席に彼を乗せることができた。

「おはようございます」

「お疲れ様」

大きなバッグを足下に置くと、真壁は、渋谷《しぶや》のデニーズまで行って朝食を食べようじゃないかと言う。その店ならば駐車場があるからと。

間もなく信号は青に変わった。

「すぐ取材に行かなくていいんですか？」

ハンドルを切りながら訊くと、

「ゴミ部屋に住んでるような若者がさ、こんな時間に起きてるわけないだろ」

などと言う。

「え。じゃ、なんでこんな早くに呼び出したんですか」

「これより遅いと、駅近くに車を止められないからだよ」

いや違う。絶対に自分の都合だと、蒲田は心で悪態をつく。

真壁は運動フェチだから、差し詰め昨夜は会社で徹夜して、風呂代わりに早朝ジムへ寄ったのだ。そう思ったが、口に出しては言わずにおいた。

ウインドウを全開にして、真壁は空を覗き込む。

「今日は暑くなりそうだなあ。蒲田くん、着替え持って来た？」

「いちおう持って来ましたけど。Tシャツ二枚と、あと上着」

「取材対照の一人はさ、SNSに部屋の写真を載せてるんだよね。ひと口にゴミ部屋といってもいろいろで……今日の場合は、汚部屋《おべや》とは少し違うんだなあ」

「ゴミ部屋と汚部屋の差なんてわかりませんよ」

そんなことも知らないのかと、真壁は蒲田の顔を見た。

真壁は卵形の輪郭で三白眼《さんぱくがん》、けれどきれいな二重瞼《ふたえまぶた》だ。年相応に髪は薄いが、蒲田は真壁の顔を見るたびに、仏画のようだと思ってしまう。

「汚部屋っていうのは、生ゴミも汚物も一緒くたにしている部屋で、片付けると動物の死骸とかが出てくるんだよ。主にネズミとか、たまには、飼ってたペットとかさ」

「ペットが死んでも気がつかないって、どういうことですか」

「気がついてはいると思うよ。片付けられないだけで。でもゴミ部屋は、それとはちょっと違うんだ。住人が若いというのもあるけれど、生ゴミなんかはほとんどなくて、まあ、出てくるのはゴキブリくらい？　……空き袋や食品トレイを分別している人が多いんだよね」

「分別できるならゴミに出せばいいじゃないですか」

「うん。そこが不思議なところなんだよ。ある人物は、弁当屋のフードパックがシンクの右側、インスタントラーメンの袋は左側、みたいにゴミの置き場が決まってて、ちょっと見はアートみたいな部屋になってる。同じ弁当、同じ銘柄のインスタントラーメンと、電解質飲料。そればっかり喰ってるってことなんだけどさ」

「ちょっと想像がつきませんね」

「ゴミ雪崩《なだれ》が起きないように工夫した部屋もある。板できちんと支えてさ。そんな暇《ひま》があったらゴミに出せばいいと、俺も思うんだけどね」

「ゴミ出しの曜日が決まっているからですかね？　その日に出せないと、溜《た》まっていってしまうとか」

「最初はそうだったのかもな。どこからゴミ部屋になっていくのか、その境界線を知りたいよ。ゴキブリが出るのが怖いからって、ほぼ毎日会社に泊まっている人もいるようだ」

「うへえ……なんで掃除《そうじ》ができないんですか」

運転しながら、蒲田は次第にげんなりしてきた。

「そこだよ、そこ、そこを取材しなくっちゃ。世間にこれだけゴミ部屋が増えているってことは、何か社会的病理があると思うんだよね。興味深いだろ？」

得々として話しながら、

「そこ、そこだから、通り過ぎないように」

と前方を指す。信号の向こうにデニーズの看板が見えていた。

車を止めて降りるとき、なぜかカメラを持って出るように言われた。通りに面して人目につきやすい駐車場で車上狙いもないだろうと思いつつ、蒲田は素直にカメラを下ろす。早朝の店内は空《す》いていて、建設業者風の男たちが、わしわしと米の飯をかっ込んでいた。

このファミレスでは朝食をセレクトモーニングと呼ぶらしい。席に座ってメニューを見るなり、真壁はフライドエッグとベーコンにソーセージ、白飯に味噌汁《みそしる》、納豆《なっとう》とドリンクバーを注文した。

蒲田は毎度チョイスに迷う。好奇心旺盛なので、どうせ頼むなら新しい味を開拓したいのだ。悩んだ末に生ハムのサラダとパンケーキ、ドリンクバーのオーダーに決め、考え直して生ハムのサラダをスクランブルエッグに替えてもらった。

ドリンクバーへ立って行き、何を飲もうか考えていると、真壁は迷うことなくホットコーヒーを持って席へ行く。他の飲み物にはまったく興味がないようだ。

朝食にはビタミンだろうとオレンジジュースを持って蒲田が戻ると、真壁はもうスケジュール帳を開いていた。

「蒲田くん、ついでに明日も少し付き合ってくれないかな」

なんのついでかわからないが、そんなことを言う。

「明日ですか？」

こちらも一応手帳を出して確認する。データの作業は夜でもできるし、真壁は支払いをきちんとするので、仕事が入るのはありがたい。ただし、当然のようにスケジュールが空いていると思われるのも癪《しゃく》だから、少しだけ間を置いて返事をする。

「……別にいいですけど、なんですか？」

「斎場《さいじょう》の取材でさ、写真を撮ってもらいたいんだよね」

「ゴミ部屋の次は斎場ですか」

「うん。人を焼くと骨が残るだろ？」

ちょうど料理が運ばれてきたので、蒲田は姿勢を正してテーブルを空けたが、真壁はかまわず手帳を覗き込んでいる。

「焼いたあとの骨は遺族が骨壺に入れるけど――」

「フライドエッグプレートでございます」

皿を持ったスタッフをチラリと見上げて、自分の前をトントン叩《たた》く。

「納豆つきの、ごはんとお味噌汁のセットでございます」

スケジュール帳をどかさないと料理がテーブルに載らないことに気がついて、真壁はようやく身体を起こした。けれど話はそのまま続ける。

「――細かい遺灰は一緒くたにまとめて処分するんだよ。その残骨灰《ざんこつばい》が毎年何トンにもなって」

「真壁さん……」

蒲田は湯気の立つスクランブルエッグを見ながら、せめてスタッフがいるときくらいは話をやめて欲しいと考える。爽やかな朝に相応《ふさわ》しい会話では、決してない。

「わかりました。カメラを持って行きますから。明日ですね」

蒲田は強引に真壁を黙らせた。

間もなく蒲田の料理も運ばれてきた。パンケーキの厚さがメニュー写真と同じくらいあったのに感動し、コーヒーを持って来ようと席を立つと、真壁が空になったカップを滑らせてくる。

なんでぼくが、と思いながらも二杯分のコーヒーを注《そそ》いでいるうちに、店は次第に混んできた。

ほとんどの客は朝食を済ませてオフィスへ出勤していくが、自分たちが行くのはゴミ部屋だ。こういうふとした瞬間に、蒲田はフリーランスになったことを実感する。時間や上司の顔色に縛られなくなったのはいいが、開拓しながら荒野を歩き続けていくような危うさを、いつも感じる。欲しい器機の導入や仕事に費《つい》やす時間の配分は決定できるが、生じるリスクもすべて自分が負うわけで、どっちがいいとも、悪いとも言えない。

コーヒー二杯を持ってテーブルに戻り、明日の待ち合わせ場所と時間を決めた。真壁はまだ話し足りないらしく、朝食を食べながら、遺体は何度で焼くのがいいとか、金歯などの貴金属が混じるので遺灰には価値があるとか、毎年三千人が死ぬ都市部の場合、残骨灰の置き場は二年で満杯になるとか話し続ける。中國《ちゆうごく》新聞デジタルの報道によると、二〇一八年度に横浜市で生じた残骨灰は五十二トンで、市はこれを売却して一億五百万円の収入を得たという。

「希少金属を抽出《ちゆうしゆつ》したあと、灰はどうなっちゃうんですか？」

「処分は業者に任《まか》される。そこまで取材できてないけど、どこかに埋め立てるか、もしかして、人造ダイヤに生まれ変わっているかもしれない。今はそういう技術があるからね」

真壁はすましてそう言った。

出版の仕事に携《たずさ》わって大分慣れたが、ノンフィクション部の編集者といると、たいていこんな話をしながらメシを喰ったり、酒を呑む羽目になる。彼らは面白半分でそういう話題に触れるのではなく、至極真面目《しごくまじめ》に取材の話をしているのだ。

空になった皿を下げられてもお構いなしに、何杯もコーヒーを飲み、二時間近くも席を独占し続けたあと、これ以上飲み物が入らなくなってからトイレを借りて、真壁はようやく伝票を持つ。

「よし。じゃ、行こうか蒲田くん」

聞けば取材対象者のマンションがファミレスの裏にあり、そろそろ起きる頃だと言う。会計を済ませて外に出ると、真壁は駐車場とは反対方向へ歩き始めた。なるほど、だからカメラを持てと言われたのだ。車の移動は小回りが効くが、都内では駐車場を探すのが難しい。スマホを見ながらしばらく歩き、真壁は裏通りで足を止めた。

「ちょっと連絡してみるから」

そう言ってどこかへメッセージを送る。

そこは狭小住宅がへし合っている地域で、車一台がやっと通れる道際に、五階建てのマンションが建っていた。窓の間隔の狭《せま》さからしてワンルームのようだが、場所柄もあって家賃は高額だろう。こんな物件に暮らしていながら、どうして部屋をゴミだらけにするのだろうか。

考えていると、真壁のスマホがポポンと鳴った。彼はメッセージを確認すると、

「返信が来た。やっぱ取材はやめたいなんて言ってるな」

冷《さ》めた感じで言うと、マンションを見上げてスマホをしまった。

「じゃ、どうするんですか」

蒲田の疑問に答えもせずに、真壁はマンションに入って行った。

「え。断られたんじゃ」

「気にすることないよ。ネット民は気分でコロコロ変わるんだから」

その建物は管理人室がなく、建物の裏側に階段を設けた造りであった。階段は自転車置き場に隠れていて、踊り場の左右に部屋が並んでいる。目的の人物は二階の角部屋に住んでいるらしく、真壁は部屋番号を確認しながら通路を進んだ。日光が当たらない通路には、住人のものらしいホームボックスやストッカーが置かれているが、ゴミ部屋というほどのゴミはない。

「ここだ」

どんつきにあるドアの前で真壁は言った。鉄のドアに耳を寄せ、拳でコンコンとドアを叩く。

「おはようございます。黄金社の真壁ですが」

返事はない。

「ていうか、真壁さん。取材は断られたんでしょう？」

蒲田の声など聞こえぬように、真壁はまたもノックした。心なしか、より強く、声も大きい。

「ゴミストッカーさーん？　おはようございまーす。編集の真壁ですが」

ほんの微《かす》かな振動がしたと思ったら、プラゴミを踏み潰《つぶ》すような音がして、鉄のドアがわずかに開き、隙間から小さくて黒いものが飛び出ていった。平らでテラテラと油光りした昆虫を見ると、蒲田は悲鳴を上げることなくのけぞった。よく太ったゴキブリが数匹、隙間から出て、どこかへ消える。その隙間に真壁は靴《くつ》を突っ込んで、再びドアが閉まらないよう押さえている。押し売りさながらの所業である。

「おはようございます。いいお天気ですね」

もう一度声を掛けると、部屋の主は図々しい訪問者を追い払うのを諦めた。

「あまりドアを開けないで。外から中が丸見えになるから」

気の抜けた声で言う。

「では失礼します」

真壁は蒲田を振り返り、顎《あご》の先をクイッと上げて、ついてこいと態度で示した。巨大ゴキブリを目にした後で中に入るのはイヤだったが、蒲田は元来気のいい質《たち》で、思い切り顔をしかめながらも真壁に続く。本当は開けっぱなしにしておきたかったが、そうもいかないのでドアを閉めると、そこはもう足の踏み場もないゴミの山だった。

室内は蒸し暑く、ゴミで膨らんだ袋がうずたかく積み上がって、色々なものが混ざり合った臭いがしていた。袋の多くは扁平《へんぺい》に潰れて、中にどんなゴミが入っているのかわからない。袋と袋の隙間に牛乳パックや汚れたタオルや、色つきビニール、エロ雑誌やティッシュなどが挟《はさ》まって、独特な景色を創り出している。蒲田は都内のゴミが集まる夢の島を取材したことがあるが、この部屋の様子は、夢の島の混沌《こんとん》を思い出させた。玄関からリビングまで、V字に開いた隙間の奥で、床に直置きしたパソコンの画面が光っている。靴脱ぎの先はキッチンで、リビングとの間に仕切りがあるので、ワンルームではなく1Kマンションのようである。玄関先が狭いキッチン、浴室とトイレという間取りのようだが、どこもかしこもゴミなので、浴室のドアは人一人が通れる程度が開けっぱなしになっていた。

浴室内にもゴミが詰《つ》め込んであり、袋に水滴がついているのをみると、家主はゴミの隙間でシャワーを浴びているらしい。玄関ドアの内側にフックを付けて、スーパーの袋に入れた靴とサンダルが掛けてある。他にはクリーニング済みのスーツが一式、ワイシャツが二枚、半開きの浴室ドアに下がっていた。

スーツがあるということは、きちんとした社会生活を営《いとな》んでいるのだろうか。蒲田はわけがわからない。

「どうも。お邪魔します」

こういう取材に慣れている真壁は、すまして家主に頭を下げた。ゴミに居場所を奪われて、蒲田の位置からは家主が見えない。見えるのはゴミばっかりだ。

「こちらはカメラマンの蒲田くん」

「初めまして」

と言ったとき、真壁が身体をよけたので、ゴミ袋の奥に立つ家主が見えた。

素っ裸にヨレヨレのTシャツを羽織《はお》っただけの男であった。無精ひげを生やして髪はボサボサ。裸足《はだし》でゴミを踏みしめて、前を隠すようにTシャツの裾《すそ》を引っ張っている。歳《とし》の頃は三十前後、まだ若いので肌つやはいいが、目が完全に死んでいる。室内にはベッドもなければ衣類も下着もないようだ。いや、ゴミ袋をどければ、その下にあるのかもしれないが。

蒲田は言葉が出なかった。ゴミの発酵熱なのか、それとも日射《ひざ》しが強いのか、カーテンを閉めてあるので外の様子は見えないが、蒸《む》し暑く不快で、立っているだけで体中がベタ付いてくる。真壁が着替えを持ってこいと言った理由はこれだったのだ。

「上がりますか? ゴミしかないけど」

ゴミストッカーと呼ばれる男が真壁に訊いた。

「いえ、ここで――」

と、真壁が答える。当然だ。男三人が立てる場所など室内にはない。

「――SNSで取材を申し込んだ件ですが、少しお話を聞かせていただいていいですか？」

「別にいいけど」

「写真もよろしいでしょうか。もちろんゴミストッカーさん自身が映り込むような撮り方はしませんが」

ゴミストッカーはゴミをかき分けて進んでいくと、パソコンの前にあぐらをかいてこちらを見上げた。よくも剝《む》き身でゴミに座れるものだと、蒲田は思ったが、黙っていた。

「いいよ。でも、あとでぼくにも一枚ちょうだい」

「ちゃんと送りますよ。出版されたら、初版本をね」

「ふーん」

と彼は頭を搔《か》いて、床に寝た。スネ毛に覆《おお》われた足を投げ出し、Tシャツに手を突っ込んで腹を搔いている。Tシャツがめくれて真っ白な尻が見えたので、蒲田は思わず目を背けたが、真壁に肘《ひじ》で突《つつ》かれて、渋々内部にカメラを向けた。

自称ゴミストッカーの話によると、最近、勤めていた会社を解雇されて就活中の身だという。一流大学を卒業後、大手企業に就職していたが、激務で週のほとんどを会社で寝泊まりするような生活が続き、この部屋へは週末しか帰ってこられなかったという。その時食料にあてたコンビニ弁当や飲み物のゴミは、指定日にゴミ集積所へ持っていくのが難しく、いつか捨てようと思っているうちに場所を占領していったということらしい。

「もともとぼくはきれい好きだ。だから汗で下着が濡れるのがイヤで、裸が一番いいってことになったんだ。エアコンもあるけど、リモコンがどこへ行ったかわからなくてさ」

Tシャツ一枚の理由について、彼はこう説明した。いつもは何も着ないけど、来客なので仕方なくシャツを着たという。

「このゴミですが、何年分くらい溜めたものですか？」

「ここへ来てから五年になるけど、途中で一度掃除をしたから……二年分くらいかなあ。なぜか最近ゴキブリが出るようになったんだよね。小さいやつも見るから、どこかで繁殖しているんだと思う。怖くて殺虫剤を撒《ま》くんだけど、追い詰めても外へ出すのが難しいんだよ。ほら、玄関を開けると中が見えちゃうからさ」

殺虫剤で死んだ個体はそのままらしい。

「一度掃除はしたんですね」

「うん。彼女ができたとき。すぐにフラれて、あとはそのまま」

真壁は一度だけ目を瞬《まばた》いた。

「現状で困っていることはなんですか？　ありますか？　困っていること」

「あるよ」

「ゴミが多すぎて、キッチンとか使った形跡ないですもんね」

ゴミストッカーは鼻で嗤《わら》った。

「キッチン使う必要ないでしょ。冷蔵庫も買ってないんだし、外食かコンビニでメシは足りるし」

「なるほど、確かにそうですね」

このゴミ部屋で自分の居場所を誇示しているのは、床のパソコンと靴とスーツだけである。それ以外の日用品はすべてがゴミに埋もれているか、それとも元々なかったのだろうか。彼は座布団《ざぶとん》のようにゴミを敷き、ゴミを枕代わりに、すましている。

「困っているのは、トイレとバスルームが一緒なんだけど、便座に座っているとゴミが崩れてくることかなあ。あとゴキブリ。シャワー浴びるのに邪魔だから、少し外に出したんだけど、濡れているから余計に虫が湧《わ》きそうで……」

それでもこの男性は、マンションの共有スペースにゴミを置かない点でまともなほうなのかもしれない。ゴキブリを追い出そうと玄関ドアを開けるとき、他の居住者の目を気にするあたりからしても、この部屋を一歩出れば、きちんとスーツを着こなした好青年になるのだろうか。蒲田は、なにか不思議で次元の違うものを見ているような気持ちになった。

表情ひとつ変えずに真壁が訊《たず》ねる。

「ゴミを捨てるとか、部屋を片付けようという気持ちはないんですか？　就活中ということで、今なら時間があるんじゃないですか」

相手は至極真面目な顔で答えた。

「あるし、きちんと掃除はするよ。そう決めているからね」

断言するゴミストッカーの腹のあたりを、茶色くて小さなゴキブリがいく。下腹部が写り込まないよう注意して写真を撮りながら、蒲田はしきりに足踏みをする。あれが足を伝って這い上がり、背中やリュックに潜り込んでくるのはゴメンだ。

戦々恐々としながらファインダーを覗いているうちに、ものの十数分で取材は終わった。


蒸し暑い部屋を辞して外へ出ると、涼しくはないまでも爽やかだった。

十分にマンションを離れてから、蒲田は真壁に文句を言った。

「驚きましたよ。あの人、あんなゴミの中に、よくすっぽんぽんでいられますね」

今さら見たくもないものを見なければならなかった嫌悪感がよみがえる。

スーツはクリーニングに出すくせに、下着ひとつまともに用意できないのはどういうことか。クーラーのリモコンが行方不明になるほどゴミを溜めるのはなぜなのか、理解できない。滲《にじ》んだ汗がゴミの臭いに変わったようで、蒲田は気分が悪かった。

「そこなんだよなぁ。部屋さえ見なきゃ、外で会ったら普通の人だ。ゴミを溜めても犯罪じゃないし、外へ出ればまともな人が多いというのが、ゴミ部屋問題の実態なんだよ」

「とても人間の生活とは思えませんでしたよ」

「でもさ。あの部屋はまともな部類だよ。酷《ひど》いのになると生ゴミも溜めているから、それこそ着替えないと臭いが移るし、一度なんか、取材のあと体中に湿疹《しっしん》ができて、高熱で入院したこともあるからね」

「ええっ、いやですよ、そんな現場へ取材に行くのは」

「さすがに俺も懲《こ》りたから、そういうのはしばらくやらないよ」

　真壁はしれっと言った。

　生ゴミがなくて幸運だったと真壁は言うが、汚れたトレーやペットボトルは、ゴミ袋に入れてさえ、かなりの悪臭を発していた。それともあれは体臭か、ゴキブリの死骸や糞《ふん》の臭いだったのだろうか。これだから、と蒲田は思う。真壁さんの仕事は要注意なんだよ。

　ファミレスに止めた車に戻り、次のターゲットを訪問した。

　この日、真壁はゴミ部屋に済む五人と連絡を取っていたのだが、車を発進させてすぐ、同居する親に反対されたと一人が取材を断ってきて、別の一人も取り込み中だと急遽《きゅうきょ》取材を拒否された。顔も住処《すみか》も名前も知らない相手ゆえ、簡単に取材を受けて簡単に約束を反故《ほご》にするのだと真壁は言う。そのことも織り込み済みで、別に気にする風もない。

ようやく取材できた四人目は、女二人のシェアハウスに暮らす学生だった。

下町のアパートを訪ねてみると、四畳半の部屋いっぱいに、化粧品、ＤＶＤ、下着やウィッグ、アクセサリー、洋服、ファッション雑誌、ペットボトル、スナック菓子の空き袋やコンビニの袋、カップ麺の食べ残しなどがぶちまけられていた。雪崩を打ったファッション雑誌のモデルの笑顔は、可哀想なことに歪《ゆが》んで見える。物とゴミは渾然《こんぜん》一体となって積み上がり、窓もカーテンも塞《ふさ》いでいて、足の踏み場はまったくない。

こんな部屋でどうやって暮らしているのか訊くと、物をかき分けて一人分のスペースを確保するのだと平気で言った。横になる場所もないから座ったまま寝るのだそうだ。それでも片付けようという気はないらしい。

「だって部屋が狭いんですよ」

若い彼女は悪びれもせずに微笑んで、どこに何が転がっているか、大体わかるから不便はないと胸を張る。もしも部屋を片付けることがあるとすれば、それはこの部屋に誰かを呼ぶときですねと笑う。

玄関を開けるときだけは他の居住者の目を気にすると、ゴミストッカーも言っていた。ゴミ部屋の主に共通するのは、他者との関わりの希薄さではないかと蒲田は思う。この女性にはシェアメイトがいるが、テリトリーに立ち入らせることはないのだろう。物に埋もれて生活する様は、野生動物の巣を思わせる。なるべく狭く、身体のどこかがいつも何かと接している環境が心地よいのかもしれない。メールやSNSでコミュニケーションを取る世界は便利だが、人間の、生き物としての感覚は、そこに不安を感じているのではないかとも思う。若い女性のゴミ部屋はカラフルで、おもちゃ箱をひっくり返したようだった。

取材を終えると時刻はすでに午後三時を過ぎていたので、大型スーパーの駐車場に車を止めてラーメンを喰い、真壁が残りの取材相手に連絡した。

最後の一人は返信すら来なかった。

「じゃあどうします？」

ラーメンの脂《あぶら》を水で飲み下しながら蒲田が訊くと、真壁は返事もせずにスマホ画面を睨《にら》んでいる。既読がつくのを待っているようだが、その表情は今までと違って深刻だ。

「……どうかしましたか」

もう一度訊く。

「うーん……ちょっと気になるんだよ……とりあえず、行ってみようか」

真壁はラーメン代を精算して外へ出た。

午後のスーパーは空《す》いていて、出入りする車も多くない。彼は歩きながらスマホを確認していたが、次第に早足になり、ついに駆け足で車へ向かった。

「どうしたんです」

運転席のドアを開けながら訊ねると、真壁は助手席に乗り込んで、勝手にカーナビを設定した。行き先は約一時間程度の場所である。

「急いでくれるか？　嫌な予感がするからさ」

「ええ？」

シートベルトを装着し、ナビゲーションに従ってスーパーの駐車場を飛び出した。

「次の取材相手、知り合いなんだよ」

そう言って、真壁はまたもスマホを見ている。

「ゴミ部屋の住人が、ですか？　え、知り合い？　どこの？」

「蒲田くんも知ってるはずだよ。うちの営業にいた飯野《いいの》さん。新婚のときに、ご主人を亡くした」

「えっ」

蒲田は素《す》っ頓狂《とんきよう》な声を出した。

「飯野深雪《みゆき》のことですか？　黄金社の営業だった」

「うん。夕方行くことで了承していたはずなんだ。返事がないのはおかしい」

「なんで飯野がゴミ部屋の主に……」

訊ねたものの、心当たりがないわけでもなかった。

――この先、踏切があります。ご注意ください――

すました声でカーナビが言う。蒲田は車を停止させ、左右を確認して踏切を渡った。

「やっぱり旦那さんのせいですか？　ていうか、飯野はそれで仕事を辞《や》めたんですよね。たしか入院もしてたんじゃ……鬱《うつ》病だったと聞きましたけど」

「医者から仕事をセーブするよう言われたらしい。休職願を出せと言ったんだけどな……しばらく実家に戻れとも話したんだが、兄貴の嫁さんに気を遣わせてしまうから申し訳ないって」

飯野が会社を辞めたのは、蒲田が独立する少し前だった。同期で、部署は違うが仲はよかった。それでも彼女が結婚し、会社を去ってからは疎遠《そえん》になった。

真壁のほうは、新刊が発売になるとき一緒に仕掛けなどを担当した縁で、退社後も連絡を取り合っていたという。どちらかといえばローンウルフで、変わった本ばかり作っているが、真壁という男には真《ま》っ直《す》ぐで純真なところがあるのだ。

「あれから一年くらい経つからね。調子はどうかと思ってさ、最近は簡単な仕事を回したりしていたんだけどな」

「あれって結局、どういうことだったんですか？　その――」

蒲田はルームミラー越しに真壁の様子を確認した。

「――飯野のご主人、自殺だったって聞きましたけど」

蒲田の視線に気付いてか、真壁もミラー越しに蒲田を見た。

「そこだよなあ……飯野さんは幸せの絶頂だったろう？　結婚式のときだって、式場が二人の写真を宣伝に使ったり」

「知ってます。新聞のぶち抜き広告でしたよね。見たけど、すごくきれいに撮れてましたよ。特に笑顔が素晴らしかった。飯野はもともとコケティッシュな顔だけど、それがドレスに似合ってた……あれって、式場モデルに立候補したとかですか？」

道は思いのほか混んでいた。信号で止まった隙にカーナビで他のルートを検索してみたが、車は最も効率的に目的地へ着けるルートを走っている。その道が混んでいるのだから、どうしようもない。

「いや。そうじゃないみたいだよ」

片手でシートベルトを摑んだまま、真壁が言った。『早くどけよ』と言わんばかりに前方の車列を睨んでいる。

「挙式の後で、ホテルから写真を使わせて欲しいと連絡があったらしい。実際に挙式をした一般人ってところがポイント高いんだろ」

「無償提供ですか？」

「どうかな。宿泊券や食事券くらいはもらったかもしれないけど、そのあたりの話は聞いてない」

真壁はまたもスマホのメール履歴を確認している。飯野の返信はないようだ。

「飯野さんのご主人ってさ、書店員さんだったんだよな」

「営業で知り合ったんでしょう。一度だけですけど、一緒に呑んだことありますよ。すごく優しそうな人でしたけど」

「しばらく同棲《どうせい》してたんじゃないのかな。子供ができて結婚したんだ」

「えっ」

蒲田は思わず真壁を見た。

「ちっとも知らなかった。じゃ、飯野はシングルマザーに？」

「いや。ご主人が自殺したショックで子供は流れた。入院はそのせいだ」

「そんな……」

蒲田は言葉を失った。

「……そうだよな……なんで自殺しちゃったのかな」

ため息のように真壁は呟き、

「雨の夜、会社帰りに、自宅近くの跨線橋《こせんきょう》から飛び降りたんだ」

と、付け足した。

「それと関係があるのかどうかはわからないけど、自殺する少し前、勤め先書店の広報ページが炎上していて、ご主人が実名で叩かれる事件があったんだよ」

「え。なんで？」

「理由なんかないさ。うっかりアンチを刺激したとかだろ？　誹謗中傷《ひぼうちゅうしょう》が酷《ひど》いとき、俺も相談されていたんだ。ほら、警察関係のノンフィクション本を出しているから、知り合いを紹介してくれないかって」

「匿名《とくめい》で無責任な投稿暴力って、卑怯だし酷いですもんね。どうにもしてあげられなかったんですか？」

「事件なら刑事を紹介できるけど、SNS程度のことではなぁ……警察は忙しいし、相談即解決を期待するのも間違っているし。目には目をという手もあるけれど、そっちはリスクも大きいだろう？」

俺なら汚い手も使えたんだが、とでも言いたげだ。

「ネットトラブルで効果的なのは、無視することだ。見ない聞かない気にしないで、騒動の渦中から離れることだよ。悪いことをしたわけでもないのに、嫌がらせに屈するようで腹が立つって、飯野さんは本気で怒っていたけどな」

「まあ、この業界は色々ありますからね。作家さんならアンチが湧くのも一人前になった証拠と見る節もありますけど」

「それでも、懸命に書いた作品を頭ごなしにけなされるのは面白くないだろう？　作品と作者は別物だけど、あからさまに人格否定をするレビュアーも、酷評を生き甲斐《がい》にしている電波な野郎も大勢いるし、それらをいちいち真《ま》に受けて、潰れていく作家も少なくない。メンタルが弱い作家先生にはエゴサーチしないよう言うくらいだから、言葉の暴力は強烈なんだよ」

「飯野のご主人も、それでメンタルを削《けず》られた口ですか」

「炎上と自殺の因果関係はわからないけど、彼が死んだのは事実だからな」

真壁は大きなため息を吐《つ》いた。

「真壁さんは偉いですよ。ぼくなんか、飯野を心配しても、連絡は取っていませんでしたから」

「闇雲《やみくも》に連絡を取ればいいってもんでもないからね。俺だって、雨宮《あまみや》先生のことがあったから病院へ見舞《みま》いに行っただけで……先生は飯野さんを気に入っていたからね。デビューしたとき推《お》してくれたのを恩義に感じてさ、様子を見てきてくれって頼まれたんだよ」

雨宮先生というのは、真壁が担当しているミステリー作家だ。黄金社の文芸賞でデビューしたとき、応募作を読んだ真壁がぜひ担当したいと申し出た作家である。

「そうだったんですか」

首都高に乗るとカーナビが言った。――しばらく道なりです――

「ご主人ばかりか子供まで喪《うしな》ったんだ。見舞いに行っても、掛ける言葉なんてなかったよ」

蒲田は黙ってハンドルを切った。あの溌剌《はつらつ》とした顔を真っ青にして病床に伏せる飯野の姿を想像してみた。自分だったらどうだろう。やはり気の利いた言葉ひとつ、掛けてあげられなかっただろうと思う。真壁は続ける。

「鬱病ってさ、凄《すご》く落ち込んでいるときと、妙に調子のいいときがあって、調子のいいときほど気をつけなきゃいけないっていうだろう？　凄く落ち込んでいるときは、何をする気力もないけれど、回復傾向のときは思い悩んで、発作的に自殺を図ることがあるからなんだよ」

「飯野のご主人も鬱病を発症しちゃったんですか？」

「心療内科に通っていると聞いていた。ちょうど雨宮先生の新刊が出るときで、飯野さんは仕事を越えて先生のファンだったから、残業して手伝いをしてくれてたんだよ……今でもよく覚えているよ。二人でサイン本の受注先を詰めていて――」

その夜のことを思い出すように、真壁は車の天井を見上げた。

「――ご主人の携帯から飯野さんに電話があって……今夜はタクシーで帰るからって、飯野さんは言ったんだ……なんかなあ……忘れられないんだよ」

どういう意味かと、蒲田は話の続きを待った。けれど真壁は黙ってしまった。

「え……？　ご主人からの電話じゃなかったってことですか」

「……警察からだったんだ。被害者の身元がわからないから、携帯電話の履歴に掛けてきたんだよ。飯野さんはもともと明るいキャラだろ？　それが見る間に真っ白になって、俺がタクシーで送って行ったんだよ。とても独りにできなくてさ」

降りしきる雨の中、跨線橋から落ちたご主人と、タクシーで現場に駆けつけた二人の姿が見える気がした。ご主人が落ちてから、そこを電車は通ったろうか。通ったはずだ。ここは東京なんだから。

蒲田は、つい最近遭遇《そうぐう》したばかりの人身事故を思い出していた。あれは知らない人の身に起こったことだが、飯野は最愛の夫に死なれたのだ。

「……たまらないですね……この前、ぼくも人身事故の電車に乗り合わせちゃって……ふと、外を見ちゃったんですけど……そうか……そうだったのか……」

最初は単なる寿《ことぶき》退社だと思っていた。彼女の不幸を知ったのは、自分も会社を辞めてからだった。

「人身事故って、総武線《そうぶ》？」

ふっと会話が引き戻される。

「いえ。京浜東北線です。自殺か事故か、ニュースになっていないからわからないけど」

「いちいち報道しないからね。それで？　何か見ちゃったの」

眉《まゆ》をひそめて蒲田は答える。

「腕です。車両の下から男性の腕が突き出していて」

「ふーん。じゃ、身体も近くにあったのかな」

まるで腕だけがそこにあったかのように言う。蒲田は話題を切り上げた。

「それはともかく、飯野は元気なんですか？　今は何をしているんです？　ゴミ部屋って……」

「全然元気じゃないと思うね。仕事も探しているんじゃないかな。その後も何度か連絡して、食事に引っ張り出したこともあったけど、化粧もせず、覇気《はき》もなく、別人みたいに痩《や》せていて、これはマズいと思ったよ。今度ゴミ部屋の本を作るんだって話したら、なら、うちへ来ればいいですよ。なんて軽口を叩いていたから、連絡してみたんだが」

会社員だった頃の飯野には、几帳面《きちようめん》でキビキビした印象しかない。目も口も大きくて、個性的なファッションセンスで、派手な感じの美人であった。

「うわ……マジかぁ……本当にゴミ部屋に住んでるんですかね？」

「どうかな。冗談だろうと思う気持ちが半分、心配が半分で、だから今日は蒲田くんを連れて行ってさ、呑みに誘う気だったんだけどね」

なんで電話に出ないかなあ……と、真壁は首を傾《かし》げている。

そういうことか。

蒲田は、仕事の後に呑もうと言われた本当の理由を理解した。

「ていうか、ぼくは車だから呑めないじゃないですか」

「電車で帰って、車は明日取りに来ればいいだろ」

簡単に言ってくれるが、都内の駐車料金を舐《な》めている。

「駐車代、請求していいんですか？」

「クソ……混んでるな」

真壁は聞こえぬふうに前を見た。渋滞する首都高に苛《いら》ついて窓を開け、首を出す。駐車場代は出ないんだなと蒲田は悟《さと》った。

「もう一度、電話してみたらどうですか」

言うとスマホを操作してから、「やっぱり出ない」と、唇を噛《か》む。

「たまたま席を外《はず》しているだけかもしれないじゃないですか」

「話したろ？　鬱病は調子良さそうなときが危ないって。今日会う時間を指定してきたのは飯野さんだ。杞憂《きゆう》かもしれないけど、嫌な予感がするんだよ」

「それって……え？」

「俺は自殺者の本も出してるけど、こういう話があるんだよ。独り暮らしの者が自殺するとき、特に若い女性の場合は、遺体を早く発見してもらえるように、ネットで不要な品を注文して、宅配業者を呼ぶんだよ」

「やめてくださいよ、縁起でもない。ぼくらが宅配業者の代わりだって言うんですか」

蒲田は追い越し車線に移動した。その先が高速出口で、一般道へ入って行く。

——三百メートル先、〇〇町交差点信号を左折です——

真壁の不安が伝わってきて、思わずカーナビの音量を上げた。

　やや強引な運転になったが、真壁は文句を言わない。焦《あせ》りながら運転することしばし、車はやがて街道沿いに建つマンションに近づいた。敷地一杯に建物が建ち、駐車場は見当たらない。どこかに来訪者用の駐車スペースがあるはずだが、カーナビにそこまでのデータはない。

「ここですか？」

　蒲田はウインカーを出して道路脇に車を止めた。

「そうだ」

　言うなり真壁が助手席を出る。振り返ってこう言った。

「部屋は十階、エレベーターを降りて右へ三つ目だ。この道を少し行ったところにコインパーキングがあるから」

「わかりました」

　蒲田は車を移動して、十分二百円也のコインパーキングに車を入れた。そこから走ってマンションへ戻る。カメラとリュックを持っているので荷物は重いが、体力には自信があった。

　真壁さんが変なことを言うから……と、嫌な予感が募ってくる。会社員時代の飯野の姿が脳裏《のうり》を過ぎる。大きな口にルージュが似合って、屈託なく笑う彼女のことが、同僚として好きだった。大好きな本を売ることに情熱があって、書店からの要望に真摯《しんし》だったし、売れるという確約もないので予算が取れない新人作家の本が出る時は、手弁当で手作りポップを作っていた。当時は蒲田も装丁部にいたので、真壁に頼まれて装丁用のデータを流してやったり、深夜までポップを作る手伝いもした。今では売れっ子のミステリー作家雨宮縁《えにし》も、当時文芸局にいた真壁が、同じように育てた一人である。

マンションの一階ホールに着いてみると、真壁が降りた十階でエレベーターが止まっていた。下降ボタンを何度も押して、箱がくるのを待っていると、スマホが鳴った。

「もしもし?」

「俺だ。早く来てくれっ!」

叫ぶような声だった。

チン! と音がして扉が開く。蒲田は飛び乗って十階を押した。

一秒を何倍にも感じながら上がってゆき、ようやく扉が開くと、その先は灰色の無機質な通路で、胸の高さぐらいの柵越しに、ごみごみと街の風景が広がっていた。右へ三つ目だったなと顔を向けると、一軒のドアが手前に大きく開かれている。

「真壁さん⁉」

「こっちだ」

走って行って室内を見る。

いきなり上がり框《かまち》から、指定ゴミ袋に入ったゴミが天井まで積まれていた。声はすれども姿は見えない。靴を脱ぐのももどかしく、蒲田はゴミの山に飛び込んだ。ゴミ袋は軽くカサカサとして、かき分けると容易に崩れて蒲田の背後へ移動する。けれどその先にまたゴミがあり、時々空き缶のようなものを踏みつけて転びそうになるが、転べない。ゴミのプールを泳ぐかのように、崩れかかるゴミを摑んで後ろへ放り、さらに数歩進んだ先に、ようやく真壁の姿をとらえた。ゴミから上半身を突き出して、伏せたと思えば身体を起こし、激しく何かを押している。

「救急車！　呼んでくれ、早く」

動くたび雪崩を打つゴミの隙間に、痩せた女が倒れていた。生気すら失って、抜け殻《がら》のようになった身体に馬乗りになって、真壁は心臓マッサージと人工呼吸を続けている。

蒲田は消防に電話して、場所と階数と部屋の位置を伝え、要救助者は意識がないと報告した。電話を切ってゴミを避《よ》け、背負っていたリュックを下ろすと、汗だくの真壁と交替した。指を組んだ手を肋骨《ろっこつ》の上に置き、数えながら胸を押す。

「飯野！　がんばれ、戻ってこい！」

名前を呼んでも、弛緩《しかん》した顔に表情はない。

身体はまだ温かく、懸命に命が張り付いているのを感じる。

「戻れ！　戻ってこい！　飯野っ」

呼吸を吹き込むのと、名前を呼ぶのと、蒲田は必死に繰り返す。

永遠にも思える時間の後に、突然、飯野は反応し、身体をよじって胃液を吐いた。蒲田は脇へ転げて落ちた。腕も背中も、額《ひたい》も髪も汗まみれ、それでも『よかった』と、最初に思った。遠くから救急車のサイレンが聞こえてくる。

身体をくの字に折り曲げて、貪《むさぼ》るように呼吸を始めた飯野を見ると、真壁が救急隊を呼ぶため玄関へ向かった。凄まじいゴミのなか、救急隊はどうやってここへ辿《たど》り着くのか。蒲田はそんなことを考えながら、飯野の骨張った背中をさすっていた。

「飯野、大丈夫か？　ぼくだ。蒲田だ」

飯野はなにも答えない。苦しさで泣きながら、さらに胃液を吐いている。

水を汲《く》もうとキッチンを探したが、どこもかしこもゴミの袋で、前衛的なアートの中にいるようだ。こんな場所で、彼女はどうやって生きていたのか。立ち上がってゴミをかき分けていると、玄関あたりに救急隊が到着する気配があった。

「こっちです。ストッキングで首を吊《つ》っていて……」

外で真壁が説明している。

ガサガサという音と共に、容赦《ようしゃ》なくゴミの袋が部屋から出され、制服姿の消防署員が三名飛び込んで来た。部屋にいた蒲田を押しのけて飯野の状態を確認すると、ゴミの隙間で器用に担架に横たえた。二人の救急隊員が飯野を運び出す間に、残った一人が蒲田に訊ねる。

「あなたは？」

「もと同僚です」

「病人のご家族は？」

「ここにはいません」

「彼女は独り暮らしです。何かあれば私が聞きます」

担架が出やすいよう入口で介助していた真壁が答えた。

飯野は担架からストレッチャーに移された。

「あの方は？」

「彼も同僚です。というか、もと上司です」

救急隊員は黙って真壁のほうへ行く。人が移動するとその場所にゴミが落ちてきて空間を塞《ふさ》ぐ。蒲田はリュックを拾い、背中に担《かつ》いだ。飯野と真壁は救急隊と共に去り、ゴミ部屋の中に蒲田だけが残された。救急車のサイレンはまだ鳴り出さない。車に飯野を搬入した後は、受け入れ先を探すのだ。

自発呼吸ができていたから助かるはずだと思いつつ、容態《ようだい》が急変しないうちに設備のある場所へ運んで欲しいと、祈るような気持ちになった。それにしても……記憶とはあまりに違う飯野の姿に心が乱れる。身にまとっていた美しさも、生気も潤《うるお》いも柔らかさも、何もかも剝ぎ取られたようなあの姿。

生きるどころか、人間でいることすら忘れてしまったかのような。

飯野……。

蒲田は呆然《ぼうぜん》と立ち尽くしたまま、ゴミ袋に覆われた部屋を見た。ケータリングのフードパックやペットボトルや包み紙などが、きれいに分別されて袋に詰められ、それが積み上がった部屋だった。床に敷かれたクリーム色のラグマット、二人掛けのソファや揃《そろ》いのスリッパ、そうした物の上に袋が溢れ、天井にまで届いていた。窓のカーテンは引かれたままで、濁《にご》った空気の臭いがし、飯野が倒れていた場所にスマホがひとつ落ちていた。ベッドもなく、クーラーも動いておらず、クッションすらない場所で、彼女はどう過ごしていたのか。それを思うと涙が溢れた。

大切な何かを奪われたとき、人はこんなにもダメージを負うのかと。

蒲田は再びリュックをおろし、カメラで飯野の部屋を撮影した。こんな時に不謹慎だと思いながらも、シャッターを切らずにいられなかった。涙は頰《ほお》を伝《つた》って口元に落ち、強い塩気を感じさせた。飯野の乾いた唇の感触が、まだ生々しく残っていた。

開けっぱなしの玄関から差し込む光が、幾重《いくえ》にも重なった袋を照らす。半透明のゴミ袋に入った食品パッケージやペットボトルがおびただしく積み上がる光景は、まるで前衛アートのようだ。それは家族を失った飯野の心で、叫びなのだと蒲田は思った。

撮り終えると蒲田は涙を拭《ふ》いた。それからゴミをかき分けて玄関を出て、救急隊が通路に引き出したゴミの袋を室内に戻し、考えた。飯野はすべてをきれいに分別し、都の指定袋に入れている。部屋を出ることができなかっただけで、だらしなくゴミを放置していたわけじゃない。

やがて再びサイレンが鳴り、救急車は離れて行った。これらのゴミは、このまま集積場へ運べるのではないかと考えていると、真壁が戻ってきた。

「区立銀杏《ぎんなん》病院へ搬送するってさ」

作業している蒲田を見て告げる。

「下で管理人と話してきた。部屋を見てもらうことになっているから、ここを片付けてから病院へ行こう。この部屋じゃあんまりだから」

「ぼくも今、それを考えていたところです。きれいに洗って分別してある。だからこのまま集積所へ出せると思うんですよね」

「集積所は地下だってさ。業者に連絡すれば回収に来てもらえるらしい」

それで蒲田は真壁と共に、部屋中のゴミを運び出すことにした。

「飯野はどういう状況だったんですか？」

ゴミを運ぶのは人海戦術だ。両手にそれぞれ持てるだけの袋を持って、階下へ運びながら蒲田は訊いた。先《ま》ずは玄関近くから。そうでないと真っ直ぐに立つことすらできないからだ。

「部屋は玄関の鍵が掛かっていなかった。呼び鈴《りん》を押しても応答がないから、ノブを引いたら簡単に開いた。ゴミをかき分けて奥へ行ったら、首にストッキングを巻き付けて、飯野さんが倒れていたんだ。自分で首を絞《し》めたんだよ。途中で意識を失っても、紐が緩まない方法があるんだ」

真壁の不安は的中したのだ。

「やっぱり、真壁さんに見つけてもらうつもりだったんですね。もう少し遅かったら……」

「間に合ってよかった。俺的にはな」

「なんでそんな言い方するんですか。間に合ってよかったんですよ。当たり前じゃないですか」

蒲田は思わず熱くなる。

「こんな部屋で、悲しい気持ちのままで、救われることなく死んでいいわけないでしょう」

飯野の気持ちを思うと堪《たま》らない。連絡を取ることもなかった自分が言うのはおこがましいが、何もかもが辛《つら》すぎた。

「言いたいことはよくわかる。でもな……飯野さんの気持ちを思うとなあ」

非常階段は思いのほか風が強かった。ゴミの袋はカサカサと軽いが、それだからこそ、ふいに持って行かれそうになる。エレベーターを使えば早いのだが、住人である飯野の立場を考える。彼女はここで、これからも、生きて行かねばならないのだから。

非常階段を降りて、エレベーターで戻ることを二時間程度繰り返していると、ようやく床が見えてきた。さらに片付けを進めると、寝室のベッドが現れた。

窓に手が届くようになったので、その前に積み上げられていたゴミをどかし、カーテンを開け、窓も開けた。虚《むな》しくサッシをかすっていただけの空気が風となり、カーテンを巻き上げて室内に入る。リビングから開け放たれた玄関へ、風はまっしぐらに駆け抜けて、蒲田の額に滲んだ汗を冷やした。

そうだ。飯野、呼吸しろ。息を吸え。生きるんだ。蒲田は心でそう言った。

見えるのは通りを挟んだ建物で、空はなく、決して爽やかな光景とは言えなかったが、淀《よど》んで動かなかった空気が動き、ゴミ袋がカサカサいうのは気持ちがよかった。窓の下に置かれたサイドテーブルが掘り出され、その上に飾られていたらしき物がバラバラになって現れる。たくさんのフォトフレームが、どれも恥ずかしそうにうつ伏していた。

さらに片付けてキッチンとシンクが見えたとき、足にきたと真壁が音を上げた。ラスト七袋は蒲田が一人で捨てに行き、すべてのゴミを運び終えると、集積場の資源ゴミ置き場は、ほぼ満杯になっていた。重い足を引きずりながら部屋に戻ると、真壁が窓辺に立って、手にした何かを眺めていた。

「終わりましたよ」

蒲田は言って、

「なんですか？」

と、脇に立つ。

すっかり片付いたリビングで、真壁が見ていたのは結婚式の写真であった。

新聞広告に掲載された写真そのままの新郎新婦が、満面に笑みを湛《たた》えて写っている。窓際のサイドデスクに二人の写真は何枚もあり、長い交際期間を経て愛を育《はぐく》んだ様子が偲《しの》ばれた。渚《なぎさ》をバックに微笑む写真。食事する二人の自撮り写真。噴水の形から代々木公園で撮ったと思《おぼ》しきものや、バーベキューを楽しむ写真もあった。

「これ……」

蒲田はサイドデスクに飾られていた一枚を手に取った。

病院のロビーで、まだ膨《ふく》らんでいないお腹に手を置く飯野と、彼女に寄り添うご主人の写真だ。自撮りではないので、妊娠を知った直後に院内スタッフが撮ってくれたものかもしれない。二人は子供を授かったことを、心の底から喜んだのだ。この幸福を突然失う日が来ようとは、想像もしなかったことだろう。

「飯野は助かりますよね」

静かに訊くと、

「身体は助かると思うけど――」

真壁は写真のフレームを丁寧《ていねい》に並べながら呟いた。

「――心のほうは、どうかなあ。そっちの方が問題だろう？」

そして再びカーテンを引いた。すっかりゴミが消えた窓辺に夕日が射して、カーテンがオレンジ色に染まっていく。蒲田は片付いた部屋を見た。飯野とご主人が幸福な時を過ごした部屋の書棚には、本好きだった二人を象徴するように、たくさんの本が残されていた。この本たちは、再び飯野に読んでもらうことがあるのだろうか。そうであってくれればいいと蒲田は思う。

「ゴミがないと、部屋が広くて寂しいですね。飯野は、だからゴミを捨てられなかったのかな」

真壁はなにも答えない。窓辺に並ぶ写真は逆光になり、輝くような二人の笑顔も曇《くも》って見える。取材もせず、片づいた部屋の写真も撮らず、二人は部屋を後にした。

管理人室に寄って事情を話し、蒲田は飯野が搬送された病院へ真壁を送っていった。

第二章　死者のミサンガ

翌十一日土曜日は仏滅《ぶつめつ》だった。薄曇りで蒸し暑く、五月というのに気温が高い。

蒲田はまたも真壁と取材に行くため、昼少し前にマンションを出た。場所が場所だから目立たないよう喪服《もふく》で来てくれと言われていたので、上着を手に持ち、ワイシャツにカメラバッグを担いで電車に乗った。都内の斎場は駐車場が狭いので、参列者への配慮から車では行けないのであった。

毎度見慣れた車窓の景色も、あの日から少し様子が変わった。自分が揺られている車体の下で、死者は何人くらい出たのだろうと、時々考えてしまうことがある。列車が駅に滑り込むときは、急ブレーキと鳴り響く警笛、蜘蛛《くも》の巣状に割れた運転席の窓や、ブルーシートを抱えて走って来る駅員の姿がよみがえる。車体から突き出していた男性の腕も。

蒲田はブルンと頭《かぶり》を振った。

人の命はわからない。あの男性だって、あの瞬間にこの世を去ると思ってはいなかったのかもしれない。それは飯野も同様で……。

「本当によかった。間に合って」

蒲田は口の中でモゴモゴ言った。

今日も明日も同じ毎日が続いていくと、人は無意識に信じている。なのに突然、雨の夜、愛する人が仕事帰りに跨線橋から飛び降りる。生まれるはずの我が子を喪う。

その現実を受け入れることができなくて、飯野は心を病んだのだ。助けを求めることもせず、他人とのつながりを自分で絶った。でも、助けてくれと言えるのは、解決の方法を知っている者だけなんじゃなかろうか。飯野の望みは夫と子供が帰ってくることで、なのに夫は自ら命を絶って、子供も後を追うように去った。

カメラの重みを肩に感じて、腕にからげた喪服の熱にため息を吐く。車窓に映る自分は疲れた顔だ。そして真壁のことを考える。ゴミ部屋や、残骨灰や、変な本ばっかり作っているけど、あの人はそこに何を見て、何を残そうとしているのだろうと。


「飯野さんだけど、十日程度で退院できるみたいだよ」

最寄り駅で落ち合うと、真壁は開口一番そう言った。昨日は真壁を病院に残して、蒲田は先に帰ったのだ。斎場まではタクシーで行くというので、二人はロータリーのタクシー乗り場を目指していた。

「大丈夫だったようですか？　意識とか」

「うん」

　と真壁は切れ長の目で先を見た。タクシー乗り場には待機中の車がいる。次々に乗客を乗せて出て行くタクシーを見守りながら、真壁は言った。

「蘇生《そせい》が早かったから脳にダメージは残らないだろうと、医者が言ってた。あれから会社の総務に連絡してさ、飯野さんの実家を調べてもらって、お母さんと連絡が取れたんだ。病院へ来るのを待ってたら、結局終電も逃してさ、タクシーで家に帰ったんだよな」

　蒲田たちの番が来たので後部座席に乗り込むと、真壁が運転手に行き先を告げた。

「昨日の病院は緊急だったけど、一週間して病院を出されたら、転院してさ、しばらく入院したほうがいいんじゃないのかなあ。飯野さんには心の治療が必要だと思うんだよな」

「そうですね。管理人さんの手前もあって、ゴミもぼくらが片付けちゃいましたしね」

「うん……」

　タクシーはロータリーを抜けて道路に出た。真壁はおもむろにスマホを出して見ていたが、

「悪いね」

　と、誰かに電話を掛けた。短く話して、通話を切る。その様子に蒲田は苦笑した。

「真壁さんは相変わらず忙しそうですね」

「あー……生首がさぁ――」

スマホをポケットにしまいながら言う。

「――水に浮くときって、どんな角度になると思う？」

またそれですか、と蒲田は思う。

「角度って……」

気になって運転手の顔色を窺《うかが》った。絶対に、変な客を乗せてしまったと思っているはずだ。

「いや、雨宮先生がね、ちょうどバラバラ事件を書いていてさ、沼に沈めた被害者の首が加害者の前に浮いてくるシーンで、先に目が出るか、それとも切り口が出るかという話を」

蒲田はわずかに身体を引いて、真壁との間に隙間を作った。蒲田自身はグロがあまり得意ではない。沼から浮かび上がる生首なんて、想像するのも気持ち悪くて、どこから出ようが関係ないと思ってしまう。

「先生が調べたら、生首は横向きに浮くとわかったってさ。だからゲラのその部分をね、書き換えたいって電話だったよ。メールを送ると言うんで、あとで校閲部《こうえつぶ》に手配しないと」

ひとしきり喋ってから、真壁は社に電話した。編集長につないで事情を話す。

そうこうしている間に斎場が見えてきた。

「運転手さん、中へは入らず、バス停のあたりで降ろしてください」

真壁は運転手にも指示を出し、料金を払ってレシートをもらった。

一般弔問客《ちょうもんきゃく》の迷惑にならないよう裏口から斎場へ入ると言うのだ。こういう心配りは真壁らしい。出版業界に長くいることもあり、周囲への配慮には人一倍気を遣う。ちょうどタクシーを降りたとき、午後からの葬儀に参列するらしき人々が何台かのマイクロバスで乗り付けて、蒲田は真壁の判断の正しさを思い知った。

「蒲田くん、こっち」

呼ばれて斎場の敷地へ入る。バス停の先が入口で、道路に面した掲示板には、四件の告別式と二件の通夜《つや》が記されていた。二人は建物に沿って奥へ行き、弔問客らが向かうロビーではなく、業者用の通用口から事務所へ入った。

都内の火葬場で荼毘《だび》に付されるご遺体の数は年間おおよそ十二万体を超えると、斎場の担当者が真壁に語る。二人はバックヤードの事務室で、東京の葬儀事情について話を聞いていた。この斎場は火葬施設がないので、取材を終えたら別途火葬場へも取材に行く予定となっている。取材を受けてくれた職員は作業着姿の老人で、腕に黒いアームカバーをし、古いデザインのメガネを鼻の頭に載せて、上目遣いにこちらを見て話す。地味で冴《さ》えない風貌《ふうぼう》ながら、真壁によると、ここの最高責任者ということだった。出してもらった薄いお茶には手をつけず、真壁は老人に質問する。

「高齢化が問題になっていますけど、実際も死者の増加で都内の火葬場や葬儀場は一週間以上も予約待ちが出ると聞きました。本当ですか？」

老人は、そうだとも違うとも取れる頷《うなず》き方をした。

「あー……まあ……東京都内の火葬場につきましては、二十三区内に九箇所、西部に八箇所ありまして、利用が比較的集中する一月や十二月を除けば、それほど予約が取れない状況ではないと思いますがね。民間経営の火葬場は高性能の焼却設備を持っているので、フル稼働すれば日に八十人程度は荼毘に付すことが可能ですし、いまどきは、死者に呼ばれると敬遠されていた友引にも火葬しますしね。ただ、お通夜やお葬式はそれなりに時間を取られますから、一日にひとつの斎場で計算しますと、あまり多くは承《うけたまわ》れない実情がありますし、おそらく火葬場と斎場が混同されて、そういう噂《うわさ》が出たのでしょう」

「掲示板を拝見したら、今日だけでお葬式が四件もあるんですね」

「特別に多い日でもないです」

責任者は目をしばしばさせて茶を飲んだ。

蒲田は事務所内部を無言で見渡す。職員用デスクは六席で、応接用のスペースは狭く、窓辺に低い書棚があって、上に観葉植物が並べてあるが、ほとんどが徒長《とちょう》してみすぼらしくなっていた。壁際にもやはり書棚があって、ぎっちりとファイルが並び、床に段ボール箱が積み重ねてあった。奥が職員用の休憩室で、事務員以外のスタッフが使うのだと言う。御不幸は土日祝日関係なく起きるので、パート職員も下請け業者も臨機応変に活用して回す、大変な仕事ですよと老人は苦笑する。

ひとしきり事情を聞いてから、弔問客の顔は写さない、話を聞かない、詳しい話は掲載しないという条件で、斎場内の撮影を許可された。告別式を撮影している親族のフリをしてもらえればありがたいと言われて、目立たないよう注意しますと真壁は答える。

礼服をきちんと着てから斎場へ入った。

施設内では時間と部屋を替えてそれぞれの葬儀が行われている。すでに読経《どきょう》が始まった会場では、焼香《しょうこう》に来た人々が受付に列をなしていた。大勢の人がひしめいていても、読経の声しか聞こえないのは葬式ならではだ。

ややうつむき加減で歩きながら、真壁は視線で欲しい画を教えてくる。そのあたりは阿《あ》吽《うん》の呼吸で、蒲田は指示通りにシャッターを切る。密《ひそ》やかな人いきれと、お悔《く》やみの声。遠慮気味のシャッター音は、それでも鋭い。

ひとしきりロビーの様子を撮り終えた頃、真壁は焼香中の葬儀会場をのぞき見た。

弔問客がまばらになってきたこともあり、祭壇の様子がよく見える。おびただしい花で飾られた祭壇に高齢女性の写真があって、その豪華さから、しかるべき地位にあった人物だろうと思う。供花《くげ》の札名も法人ばかりだ。ロビーから祭壇に一礼し、二人は別の会場へ向かう。

斎場には大小様々な部屋があり、弔問客の数によって使い分けているという。

駐車場を見渡せる廊下を奥へ進んで行くと、家族葬が営まれるブースがあった。真壁が本当に取材したいのは、多くの人に見送られる斎場の告別式ではなくて、近親者のみが火葬場で死者を見送る直葬《ちょくそう》だと言う。火葬場でひっそり行う直葬は、参列者への配慮がいらず、費用も抑えられることから、近年は都市での需要が増えているらしい。

「比較のためにも斎場の告別式をみておかないとな」

独り言のように呟きながら、真壁は斎場の奥へと向かう。

細長い廊下の先にセレモニーを行っている部屋があり、複数の人がすすり泣く声が聞こえてきた。受付は廊下に置かれたテーブルひとつで、小さな葬儀看板に、

『故　下東峰男《かとうみねお》　儀　葬儀会場』

と書かれている。家族葬が執り行われているようだった。

真壁はすまして廊下を進み、開け放たれた部屋の前を通るとき、顔を横向けて室内を覗いた。自然と蒲田も真壁に倣《なら》う。こぢんまりとした部屋の中にも祭壇があって、蓋《ふた》を閉じたままの棺《ひつぎ》の周りで数十人もの人が泣いていた。参列者がみな若いので、故人も若かったのだろう。三歳くらいの幼児が一人、喪服の女性のスカートを握っている。亡くなったの

は父親だろうか。蒲田は思わず遺影を探した。棺桶《かんおけ》の奥に飾られた遺影は遠くて見えない。蒲田はカメラを構えると、望遠レンズで遺影を覗いた。

人気俳優に似た男性の、輝く笑顔がそこにはあった。

「……おい」

真壁に脇を突かれて、蒲田はハッとカメラを降ろす。

もちろんシャッターは切らなかったが、たった今目にした写真が頭の中をぐるぐるしている。

「行くぞ」

と真壁に急《せ》かされて、細長い廊下を歩いて行く間も、蒲田は遺影のことを考えていた。その顔に見覚えがあるような気がしていたのだ。どこかの営業マンだったろうか。それとも、しばしば同じ電車に乗り合わせた人とか？　廊下はついに行き止まり、ぐるりと回り込むようにして、斎場の奥へ続いている。その先は遺族の控え室と、通夜などを行う座敷のようだ。

「あ」

蒲田は立ち止まり、振り向いた。

「どうした？」

「いえ……そうか」

思い出した。俳優によく似たあの男性と、どこで会ったか思い出したのだ。

考える前に身体が動き、蒲田は家族葬の部屋へ戻って室内を見た。遺族はみな棺を囲んで泣いていて、蒲田を気にする者はない。スカートの裾を握った幼子だけが、親指をしゃぶりながら蒲田を見ている。小さな手にはカラフルなミサンガが結ばれ、あどけないその顔は、大井ふ頭中央海浜公園で見かけた子供のものだった。母親と父親に見守られながら浜辺でヤドカリを探していた。あの子供と母親だ。

蒲田はさらに思い出す。人身事故で目にしてしまった男性の腕。その手首にもミサンガが結ばれていたことを。若い故人の葬式が、ひっそりと執り行われていることに納得がいった。そうだったのか……あの腕は。

「何やってんだ」

真壁に呼ばれて振り向いたとき、蒲田は、はめ殺しのガラス窓越しにカメラを構えていた男性に気が付いた。親族の中には大抵一人、葬儀の記録を残す役目の者がいる。そうした人物が外からシャッターチャンスを狙っていたらしい。無関係な自分が廊下を戻り、部屋の前に立ち塞《ふさ》がっていたことに気付いて頭を下げたが、向こうは気にするそぶりもなくて、あっという間にどこかへ消えた。真壁に腕を摑まれて、廊下の奥へ引いて行かれる。

「落とし物でもしたのかと思ったら、あそこで何をやってたんだよ」

咎《とが》めるように真壁は言った。

「すみません。故人に見覚えがあった気がして」

「え」

と、真壁が眉をひそめる。

「蒲田くんの知り合いだったの？」

「そうじゃないんですけど」

斎場の職員が通夜の準備で廊下を通る。通夜会場側の出入り口が開けられて、生花や提《ちょう》灯《ちん》や看板の準備が始まった。二人は施設をザッと見て、通夜会場の出入り口から駐車場へ出た。カメラを構えていた男はどこにもおらず、別の葬儀の参列者たちが、マイクロバスで入ってきた。出入りする車をカメラに収め、二人はタクシーで斎場を出た。

「知り合いじゃないけど見覚えはあった？　なに？　有名人かなにか？」

火葬場へ行って欲しいと運転手に告げてから、真壁は蒲田にそう訊いた。

薄曇りだった空は晴れ、気温はグングン上がっていく。二人とも昼食をとっていないので、取材がてら火葬場のカフェで何か食べようと言う。

「気のせいかもしれないんですけど、いや……でも……そんなことってあるのかな」

ミサンガに気がついてから、蒲田は食欲をなくしていた。

「なんだよ、思わせぶりだな。遺族に知り合いがいたってこと？」

本気で面倒くさそうに真壁が訊く。

「田町駅で人身事故に遭ったって言ったじゃないですか」

蒲田は声を潜めて言った。

「火曜日の朝でした。御社へカバーラフの打ち合わせに行くときに」

「その話は聞いた」

「それで、被害者の手首にミサンガが結ばれていたんですけど」

「そうなの？」

「はい。さすがに不謹慎かと思って、詳しい話はしていなかったと思うんですけど、赤と黄色と緑の紐で、木のビーズがついていたんです」

「細かいことまでよく覚えてるなあ」

真壁は感心して言った。

「それで、ですね。そのミサンガをぼくは、ゴールデンウィーク中に見てるんです。家に帰れば写真があるけど、大井ふ頭中央海浜公園へカバーラフ用の写真を撮りに行ったとき、たまたま見かけた親子がお揃いのミサンガをしてたんですよ」

「へー。それで？」

真壁は窓の外を見ている。

「さっきのお葬式の人……その時のご主人じゃないかと思うんです」

「ん」

怪訝《けげん》そうに眉根を寄せて、真壁は蒲田を振り向いた。

「あの家族葬の仏さん？」

蒲田は頷く。

「若い仏さんだったでしょ？　棺のそばに小さい子がいたじゃないですか。戻って確認したら、やっぱりミサンガを着けていました」

「列車に飛び込んだのが父親だった？　蒲田くんが乗った列車の」

「考えすぎでしょうか」

「いや……」

真壁は自分の顎に手を置いた。

「事故が火曜日……で、土曜に葬式……人身事故の検死にはそれほど時間をかけないっていうし、時間的な齟齬《そご》はないのか。そうか。だから家族葬だったのか……棺の蓋も――」

そりゃ開けられないよ、と真壁は言った。

「検死した後、ざっくりとは修復するみたいだけどね。せめて頭部が残ってればいいが……わからないものなあ」

蒲田は気分が悪くなってきた。幸せそうだった家族の笑顔が、ぐるぐると脳裏を巡っている。

「自殺じゃなくて事故だったんですね」

「だって、絵に描いたように幸せそうな家族だったから。奥さんは美人で、子供はかわいくて、ご主人はすごく優しそうで」

「ふーん……飛び込みじゃなかったか。でもまあ、人間なんて、見た目だけではわからないことも多いんだけどな」

それきり真壁は口をつぐんだ。もちろん運転手も黙っている。

ウインドウの外を、自転車や、小走りのサラリーマン、木陰に佇《たたず》む老人や、学生たちが行き過ぎる。蒲田は不意にカメラを構え、何気ない日常を写真に収めた。

膝《ひざ》にカメラを置いて撮りためたデジタルデータを確認すると、家族葬の祭壇を写したデータが一枚だけ残されていた。望遠レンズは覗いたが、さすがにシャッターは切らなかったはずだ。不思議に思いながら画像を拡大していくと、故人の遺影がバッチリ写り込んでいた。ファインダーを覗いただけのつもりが、無意識にシャッターを押したらしい。見れば見るほど、遺影はやはりあの時の父親だと思う。そんな偶然があり得るだろうか。

浜辺の記憶と、事故のショックと、子供の手首に巻かれたミサンガ、泣き崩れていた若い妻。それらすべてがない交ぜになって蒲田の胸に沈殿していく。断片的な映像が折り重なって無常を感じる。

「どうして?」

火葬場では一件の直葬を取材でき、その後見せてもらった残骨灰《ざんこつばい》の多さに息を呑んで帰ってきた。年間おおよそ何トンと、数字を聞いただけでは実感もなかったが、積み上げられた灰を目の当たりにしてみると、人体を構成する主な元素組織は炭素だという妙な納得感が湧いてきた。残骨灰は、灰だった。人間は生きていなければ灰と同じだ。マンションの仕事部屋で、撮ってきた写真を整理しながら、蒲田は人生について考えた。

写真を細かくフォルダ分けしながら、件《くだん》の遺影に手を止める。

蒲田はそれをデスクトップに移動しておき、仕事を終えてから、大井ふ頭中央海浜公園で撮った家族写真のフォルダを開けた。わずか一週間ほど前に撮影した家族写真には、あの日の三人が写っている。人物だけを拡大し、隣に遺影の写真を並べた。

よく見ようと身を乗り出したら椅子《いす》が鳴り、どこかでドアの音がした。隣のサラリーマンが酔っ払って帰ってきたのだ。時刻は深夜零《れい》時を回っている。家族三人の写真から父親の顔だけを拡大していく。楕円形の大きな目、童顔で人中《じんちゅう》の目立つ猿顔も、屈託のない笑みも、間違いない。あれはやはり、同一人物の葬式だったのだ。

「うわあ……」

なぜか背筋がゾクリと冷えた。

蒲田は次に、三人の腕に結ばれていたミサンガを拡大してみた。

カラフルな紐は、赤と黄色と、そして緑だ。やはり木のビーズがついている。車両に付き出た腕の画像はないけれど、衝撃的な光景は脳裏に焼き付いて離れない。椅子の背もたれに身体を預け、蒲田は両手で顔をこすった。

見知らぬ家族の幸福と不幸に、図らずも遭遇してしまったのだ。

顔を上げ、窓を見る。すでにカーテンを閉めているので、見えるものといえば日に焼けた布のざらついた質感だけである。整理を終えた取材写真を送るとき、蒲田はメールで真壁にひとこと添えた。

——斎場で見かけた家族葬の仏さんですが、帰って確認してみたら、やっぱり海浜公園で会った家族の父親でした——

家族の写真を入れたフォルダをゴミ箱に捨て、気が変わって、また取り出した。

そうしながらも、頭では飯野のことを考えていた。二度と戻らない一瞬を写したデータだ。だからどうなるわけでもないが、蒲田はそれをデスクトップに置いて、パソコンの電源を落とした。

午前七時。

急ぎの仕事がない朝は、スマホのアラームで目を覚まし、ベッドで、自分が装丁を手がけた本の動向をサーチする。枕の位置を調整し、出版社別新刊売り上げランキングをチェックするのだ。レビューがついているならそれも読む。ごく稀《まれ》にだが、作品だけでなく装丁デザインについて触れてくれる読者がいるからだ。その反応は励みになる。悪評を受けることもあるけれど。

黄金社の装丁室を離れてから、様々な出版社と仕事をするようになったので、エゴサーチはすぐに終わらない。付き合いのある何社かをチェックしていると、徐々に目が覚めてくる。蒲田はようやくベッドをおりて、トイレに向かった。

装丁デザインの仕事では、ゲラを読んでイメージを摑み、ラフスケッチを起こしていく。作画とデザインを別々の人間が担当する場合もあるが、蒲田はフィニッシュまで請け負うことが多いので、数点のラフプランを作った上で編集者と打ち合わせながら内容を詰めていく。同月発売の新刊同士が書店に並ぶ場合の見え方もチェックする。発売日前後の売り上げ動向を初速というが、出版社は発売後一カ月未満の動向で作品の人気を占うので気が抜けない。

顔を洗って歯を磨き、コーヒーを淹《い》れながらSNSをチェックした。

カーテンを開けた窓の外を、雀《すずめ》が賑《にぎ》やかに飛んで行く。時折聞こえる寝ぼけた声はカッコウだ。マンションの裏が大家の屋敷で、樹木があるのでたまさか野鳥の声を聞く。カッコウの声は野太くて、そのくせどこかユーモラスだ。ＳＮＳにはこれといった話題がなくて、蒲田はひとつあくびをすると、思い立って写真投稿サイトにつないだ。

それはアマチュアカメラマンが自分の写真を掲載できるサイトで、ロケーションを決める参考にしている。大井ふ頭中央海浜公園にある三日月形の砂浜も、このサイトで知ったのだ。

久しぶりに覗いてみると、ゴールデンウィーク中に撮られたらしき力作が多数アップされていた。奥多摩《おくたま》のせせらぎに咲く春の花、朝靄《あさもや》が消えかかる高尾山《たかおさん》、夕焼けの代々木《よよぎ》公園や、桜を前景にしたスカイツリー、花びらで桃色に染まった隅田川《すみだがわ》など、インスピレーションを刺激する写真を眺めつつ画面を遡《さかのぼ》っていると、蒲田自身が撮ったと思しき一枚に遭遇した。

コーヒーを落とすポットを手放し、改めてスマホを覗き込む。

間違いない。あの日海浜公園で偶然見かけ、その後不幸に見舞われた家族の写真だ。

蒲田はキッチンを飛び出すと、仕事用のパソコンを起動して、同じサイトを呼び出した。スマホより格段に大きなモニターに、件の家族が映し出される。

空は晴れ、波は穏やか。浜辺に黄色いサンダルが脱ぎ捨てられて、カボチャのように膨らんだロンパースに麦わら帽子を被った子供が、両親に抱きつく瞬間だ。母親の髪が風をはらんで、愛《いと》しげに二人を抱く父親の顔に舞いかかる。抱き合う手首には揃いのミサンガ……。

まるで、自分が知らないうちに、自分の写真が投稿されたかのようだった。同じ日に、同じ場所で、同じ被写体を撮った写真。だが、撮影したのは蒲田ではない。自分以外にも彼らを撮影していた人物がいたのだ。三人の笑顔は素晴らしく、その腕前に嫉妬するほどの出来だった。

興味が湧いて、投稿者のプロフィールを調べてみた。サイトに投稿する者は、自分の写真の掲載ページにプロフィール用のバナーを持っている。もしも気に入った写真があって、商業目的に使いたいと申し出があったときのために連絡先を明記しているユーザーもいる。

撮影者は『U』というハンドルネームを使っていた。プロフィール部分は空欄だったが、掲載された撮影情報によると、撮影地はやはり『大井ふ頭中央海浜公園』で、撮影日時もピッタリだった。カメラはニコンのクールピクスB７００、他には露出時間や、露光補正値、絞りや焦点距離などが掲載されていた。

確かにあの日は公園に複数のカメラマンがいたし、松林に立って撮影している人もいた。これはあの人の作品だろうか。だとしたらこのカメラマンは、幸福な家族が父親を喪ったことを知らないのだろう。

ユーザーページから『U』の投稿写真一覧を呼び出すと、フォルダには人物写真ばかりが並んでいた。祭りや縁日の一場面、歩行者天国やスクランブル交差点、散歩中の幼児と母親、キスをするカップル。中にはスーパーの駐車場で撮られたと思しき写真があって、夫の肩についたゴミを奥さんが払った瞬間が撮られていた。どちらも高齢で、互いを支え合うように夫の手が妻の腕に回されている。長い年月を共に生きてきた二人の穏やかな笑みが、そこにはあった。

「上手《うま》いなあ……こんな瞬間をよく撮るなあ」

次々に作品をスクロールしながら、蒲田はしきりに感心した。モニターに並ぶ顔。顔。顔。変化する表情から最高の一瞬を切り取る技術は眩《まぶ》しいほどだ。

次々に写真を見ていると、ほんの一瞬、記憶を刺激する何かが視界を過《よ》ぎった。

「ん？」

閲覧《えつらん》済み画像を遡り、一枚の写真に目を留める。

「……これ」

それはつい先日、真壁と取材先で見た写真であった。病院のロビーでお腹に手を置く若い女性と、彼女に頬を寄せて笑う男の写真。

「飯野？」

間違いない。ゴミ部屋と化したマンションの窓辺に飾られていた写真。飯野が幸福の絶頂にあったときの写真だ。

「え。なんで」

自撮り写真ではないから、撮影者がいることはわかっていた。蒲田はさらにスクロールしてみたが、彼らを写した写真は他にない。二人共にカメラ目線であることからしても、撮られるつもりで撮られた写真だ。

あれ？　え？　もしかして……と、蒲田は思う。『U』は黄金社ゆかりの人物なのだろうかと。でも、夫婦にくっついて産婦人科へ行くほど親しい同僚なんて、思い当たらない。ならばやっぱり病院のスタッフだろうか。

素晴らしい写真を撮るこの人物に、俄然《がぜん》興味が湧いてくる。誰だろう。椅子の背もたれに身体を預けて腕を組み、そして、コーヒーが淹れかけだったと思い出す。

「うわ、やべ……」

慌ててキッチンへ戻ってみたが、ドリップを途中でやめたコーヒーは、マグカップの底で冷めかけていた。仕方なくポットのお湯を足して薄めたが、一日の始まりとなるべきコーヒーとしては、かなり残念な味だった。

不味《まず》いコーヒーを飲みながら『U』の写真を閲覧することしばし、ラスト数枚というときに、蒲田はまたも見知った人物の笑顔を見つけた。

こちらは双子の少年である。少年たちは幼稚園の年中くらい。公園の砂場で撮影したものらしく、遊びに興じて抱き合った瞬間の、輝く笑顔をとらえた秀作だ。大きな砂山にトンネルが掘られ、お揃いのバケツと、お揃いのシャベルが背景にぼやけている。

二人は有名人だった。揃いの服を着せた愛くるしい写真を、母親がネットに載せたことから人気に火がつき、一時は相応のフォロワーやファンを持っていた。

当時、黄金社の月刊誌でも特集を組んだので、装丁部の社員だった蒲田も撮影に立ち会ったことがある。あの頃、子供たちはまだ四歳で、やんちゃでじっとしていられずに、撮影はとても苦労した。スタジオを走り回ったり、機材に興味を示したりと、悪戯《いたずら》ざかりだったが、撮影が終わるとプレゼントのお菓子にはしゃぎ、同時にお礼を言うのがかわいらしかった。顔も姿もそっくりだけど、どちらかというと弟のほうがやんちゃだと、若いお母さんが言っていた。

「そうか……あれから三年も経つんだな……」

もう小学生になったのか、今もモデルを続けているのか、ひとたび会社を離れてしまうと、業界の噂は聞こえ難《にく》くなる。

思い出に浸っているとスマホが鳴った。真壁からだった。

「おはようございます」

蒲田はサイトを離れて言った。

真壁はとてもわかりやすい。メールではなく電話を掛けてくるときは、彼にとっての緊急事態、つまり、大急ぎで手をつけて欲しい仕事ができたということだ。

「蒲田くん、今いい？　ちょっと急ぎで入れて欲しい仕事があるんだけど」

ほーらね、と蒲田は思い、冷めたコーヒーを飲み干した。話しているうち時間が経って、パソコンのスリープ機能が作動する。

モニターに大写しされていた双子の笑顔は、瞬きする間に闇に沈んだ。

第三章　ミステリー作家 雨宮縁《あまみやえにし》

週明けの夜七時過ぎ。蒲田は真壁に誘われて、有楽町《ゆうらくちょう》ガード下のテラス席で、厚焼き卵を突《つつ》きながらウーロン茶を飲んでいた。昨日の電話はやはり急ぎの依頼で、息もつかずに作ったデータを黄金社へ届けに行ったら、たまにはどうだと誘われたのだ。

前回も、取材後に呑む予定が飯野の入院で流れてしまった。その埋め合わせに奢《おご》るというので、会社近くの美味《おい》しい店に連れて行ってくれるのかと思ったら、なぜか有楽町ガード下で待てと指示された。打ち合わせを終えてから合流するので、三人分の席を確保しておいて欲しいと言うのである。

「真壁さんはいつも自分の都合がいいんだよな」

指定されたのは有楽コンコースにある大衆食堂で、昼となく夜となく酔客で賑《にぎ》わう繁盛店だ。魚や肉を焼く煙が霧のようにあたりを包み、座っているだけで燻製《くんせい》になりそうな環境なのだが、相席でも座りたいという客が来るほどの人気店なので、三人分の席を独りで守るのは至難の業《わざ》だ。一席にカメラとバッグを、一席に上着を置いて、蒲田はじっと真壁を待つ。結局は、場所取り要員として重宝《ちょうほう》されたんじゃないかとも思う。

スポンサーが来るまでは我慢しようと、厚焼き卵とウーロン茶で粘《ねば》ること三十分、さすがに店に対してバツが悪くなり、生ビールを注文しようかと思った頃に、アーケードの向こうから真壁が来るのが見えた。こっちは待ちわびていたというのに、焦るふうもなく歩いてくる。嘘《うそ》でもいいから走るポーズくらいすればいいのにと思っていると、脇に連れらしき人物がいた。

テーブルに散らかしたままのおしぼりや袋を片付けて、蒲田は椅子から立ち上がる。

「やあ、悪かったね。ちょっと電車に乗り遅れてさ」

悪びれもせずに真壁は笑う。

「蒲田くんは初めてだよね？　こちら雨宮《あまみや》縁《えにし》先生」

「えっ、あの、ミステリー作家の？」

「シッ、声が大きいよ」

蒲田は口に手を当てて、初めて会う作家に頭を下げた。

雨宮縁は覆面作家だ。プロフィールに出しているのはデビューした文学賞と星座だけで、年齢も性別も出身地すら非公開、もちろん写真の掲載はなく、メディアに露出することもなく、SNSやブログの発信もしていない。多くの出版社からまったく毛色の違うミステリーを出しているため、複数の作家が同じ筆名で書いているのではないかという噂があるほどだ。

「先生。こちらは蒲田宏和くん。もともとうちの装丁部にいたんですけどね、今はフリーでやっています。先生のシリーズの装丁をしているのは彼ですよ」

蒲田は恐縮して、また頭を下げた。

「そうかね。それはお世話様。儂《わし》はねえ、きみのデザインの、思い切りのよさが好ましいと思っておるのだ。そうそう。三巻目の『弟切草《おとぎりそう》』は、障子《しようじ》に映るカマキリの切り絵が効《き》いてたねえ。剣呑《けんのん》な感じが素晴らしかった。いや……ありがとう」

雨宮縁は痩せて姿勢の悪い爺《じい》さんだった。まばらな白髪を無造作《むぞうさ》に束《たば》ね、丸くて小さな色つきメガネを掛けている。蒲田は反物《たんもの》の価値を知らないが、高そうな和服に長めの羽織《はおり》をまとい、連なる髑髏《どくろ》の羽織紐を着けていた。チラリと見えた裏地はド派手な色の総柄で、歳《とし》の割には傾《かぶ》いている。

「待たせてしまって悪かったねえ。この通り、年寄りは足が悪くてね」

顎だけを突き出すような会釈《えしやく》の仕方。片手に杖《つえ》を握りしめ、唇の片側だけをニヤリと上げる。蒲田は内心驚いていた。縁は新人賞のデビュー組で、作家歴も十年に満たない。新人がみな若いわけではない業界だが、まさかこんな爺さんだとは。

「蒲田くんは、なに呑んでるの？」

「先に始めるわけにもいかないから、ウーロン茶ですよ」

恨みがましく答えたが、

「先生、何にしますか？」

真壁は気にせず縁に訊く。

「ていうか、真壁さん、本当にこんな席でよかったんですか？」

蒲田はコッソリ真壁に訊ねた。

高そうな着物に煙の臭いが付きそうだし、テーブルはビールケースにベニヤ板を置いただけの仕様である。うっかり手をつけばひっくり返りそうなのだ。

場所取りのために置いた上着を手に取って、縁を座らせながら真壁が答えた。

「ここで呑みたいと言ったのは先生なんだよ」

縁は杖にすがって丸椅子に腰を下ろした。高価な着物の汚れを厭《いと》う気配はない。

「東四郎《とうしろう》は冷やでしたかね？」

真壁が訊くと、縁は両足を広げて草履《ぞうり》の間に杖を置き、杖の頭を握って頷いた。胸元に揺れる髑髏《しゃれこうべ》は白珊瑚《しろさんご》か、象牙《ぞうげ》だろうか。手の甲は白く、血管やシミが浮いてはいるが、とても華奢《きゃしゃ》な指先で、そこはかとない気品が漂う。もともと何をしていた人だろう。書家か、舞踊家、いや、足が悪そうだから舞踊家ではなくてお茶の先生かもしれない。

真壁は手を挙げて店員を呼び、冷や酒と、大ジョッキの生ビール、焼きハマグリ、お新香、冷や奴《やっこ》とシシャモの塩焼きを注文した。

「あと、生ビール中ジョッキ、それにナポリタンもお願いします」

蒲田も注文に便乗しながら、真壁の席にあったカメラとカバンを引き寄せた。置き場所がないので上着は羽織り、荷物は足下の地面に置くと、

「おいおい、これから飲むのにナポリタンかよ」

おしぼりで手を拭きながら真壁が笑う。

「知らないんですか？　ここのナポリタンは美味しいんですよ。赤いウインナーもついてるし」

「赤いウインナーは好物だ。食べるのは久しぶりだがね」

社交辞令でもなく縁が微笑む。

赤いウインナーが好物なんて子供でもあるまいし、なんだか不思議な老人だと思う。黒すぎるメガネのせいで瞳は見えず、感情が上手く読み取れない。縁はおしぼりで手を拭きながら、首を巡らしてあたりを眺めた。隣の席にいるサラリーマン、派手な服装の若い女と中年男性、アロハシャツのスタッフや、煙の中で調理しているカウンター奥の料理人。舐めるように人を観察する仕草には、作家という人種の性《さが》を感じる。

それぞれの酒が運ばれてくると、三人は形ばかりの乾杯をした。真壁も縁も一気に中身を半分干したが、そんな呑み方は、蒲田にはできない。

「蒲田くんが送ってくれたゴミ部屋の写真ね、あれ、やっと全部確認したけど、うん。よ

かったよ」

懐紙《かいし》を出して口元を拭う縁の隣で、真壁が言った。

「よかったですか？　使えそうなの、ありましたか」

縁には関係のない話題をしてもいいものだろうかと思いながら訊くと、

「特に飯野さんの部屋がよかった。まるで芸術作品のようで」

悪びれもせずに真壁は答えた。

縁は素知らぬ顔で酒を呑む。老人ならざる呑みっぷりを見ていると、実は酒癖の悪い先生で、応援要員のために誘われたんじゃなかろうかと不安になった。

「不謹慎だとも思ったんですが、なぜか撮らずにいられなかったんです。でも、飯野に許可をもらったわけじゃないので、データの取扱いには注意してください」

勝手に使用されては困ると念を押す。

「わかってる、わかってる。俺だって良識は持ち合わせているんだからさ」

つまみが次々に運ばれてくると、あんなに文句を言っていたくせに、真壁は誰よりも早くナポリタンを引き寄せた。

「ホントに旨《うま》いね、これ」

「でしょ？　昭和のナポリタンって感じで、美味しいですよね」

縁も箸《はし》でウインナーを取り、見つめてからパクリと食べた。何を考えているのか、赤いウインナーを初めて見たかのようだった。飲み物や食べ物の減り方に気を配りつつ、真壁は適宜《てきぎ》注文を怠《おこた》らない。毎度感心するのだが、編集者は注文の取り持ちが上手い。ジョッキが次々空になり、縁が冷や酒から燗《かん》酒に変えた頃、当たり障りのない四方山《よもやま》話は次第に仕事の話に変わった。

「雨宮先生は、どうしてこの店へ来たかったんですか？」

互いに打ち解けてきたこともあり、蒲田は作家に訊いてみた。装丁デザインを手がけていても、作家と直《じか》に話をするのは初めてだ。自分の仕事がどう思われているのか、怖いながらも訊いてみたい気持ちがあった。

「この店かい？　取材だよ」

細い首をグラグラさせながら縁は言った。酔いが回ってきたのかもしれない。

「こういう場所だと人は警戒しないだろう？　だから、大衆居酒屋の店主はね、客の本質を見抜けるんじゃないかと思うんだ。つまり、居酒屋の店主が探偵役をするシリーズがね、あってもいいんじゃないかとね。いや、もうけっこう出版されているようだがね」

熱燗もいってみるかい？　と蒲田に訊ねる。

真壁はすかさずお銚子《ちょうし》とお猪口《ちょこ》の追加を頼んだ。

「いいですね。先生独自の斬《き》り口《くち》で、ぜひ、うちで書いてくださいよ。もしも居酒屋シリーズを刊行するなら、焼き鳥屋に弟子入りしますか」

追加のお銚子が運ばれて来ると、お酌をしながら真壁が言った。

「どういう意味ですか？」

蒲田が訊くと、縁は「ふふん」と鼻で嗤《わら》って、ベニヤ板のテーブルに肘《ひじ》をつき、メガネをちょいと持ち下げた。黒いレンズの上に瞳が覗き、濁りのない白目が見えた。

「先生は憑依《ひょうい》作家なんだよ」

横から真壁が補足する。

「べつに憑《つ》きものをもってるわけじゃないがね」

何のことなのか、蒲田にはまったくわからない。

「この先生は、焼き鳥屋を書くときは焼き鳥屋になる。坊主や刑事を書くときは、坊主や刑事になるんだよ」

「え？　そんな簡単に、坊主や刑事にはなれないでしょう？」

「もっともだ」

と縁は笑う。それから蒲田の顔を見て、自分の頭を人差し指でツンツン突《つつ》いた。

「作家には想像力があるからね。調べることはすべて調べて、足りない部分はここで補う。儂らが書くのは虚構の世界だ。だが、虚構だと思って書くのと、虚構に棲《す》んで書くのとは違う。そういうことだよ」

何がそういうことなのか、やはり理解はできそうにない。縁は真壁に顔を向け、

「昔なら焼き鳥屋に弟子入りしたかもしれないが、今はもう、できないねえ」

と、言って笑った。

「カウンターに張り付いて大将の動きを盗むのが関の山だ。真壁さんが鬼のように出版予定を組んでくるからね。ま、おかげで作家を続けていられるんだが」

かなり出来上がってきた真壁が、赤い顔で頷いた。

「まあ、あれです。書け、書けって、新人には同じことを言うんですがね、本当に書いてくれる人は少ないですよ」

「この煙、人いきれや、複雑な匂い、喧騒《けんそう》も、座り心地の悪い椅子もね、実際に体験したほうが読者に伝わるように書けるってことだよ。儂は器用な作家じゃないから」

ところで、なにかネタはないかねと、縁は蒲田に訊いてきた。

「突拍子もない発想が得意な作家もいるが、儂はそういうタイプではないからね。いつでもネタ探しには汲々《きゆうきゆう》としておるよ」

「ネタですか？　作家の先生が喜ぶようなネタなんて……」

「大仰《おおぎよう》に構えることはない、ほんの些細《ささい》な疑問でいいんだ。おや？　と思ったり、あれ？　と感じたりしたことはないか。それを物語に膨《ふく》らませるのが儂らの仕事だ」

縁は蒲田に向かって笑う。口元に真っ白な歯が覗き、総入れ歯かもしれないなどと蒲田は思う。それにしてもこの作家はいくつだろう。八十過ぎのようにも見えるが、もっと若いようにも思えて得体が知れない。

「最近一番ショックだったのは、やっぱり飯野さんのことですねえ」

答えられない蒲田に代わって、真壁が静かにそう言った。かなり酔っ払ってしまったらしく、縁の熱燗を勝手に手酌で飲んでいる。

「その後、飯野女史の様子はどうだね？」

「今は実家のお母さんがついていてくれているので。でも、心配はそこからですよ」

トロンとした目で真壁は言った。作家と飲んで酔っ払う編集者など聞いたことがないが、縁は気にするふうもなく、真壁が干した杯に酒を注《つ》いだ。

「自殺はある意味大罪だ。飯野女史は愛する夫に、夫を殺されてしまったわけだから」

蒲田はハッとした。そんなふうに考えたことはなかった。遺族は被害者の家族だが、同時に加害者の家族でもある。喪った者と奪った者が同一人物であるからだ。加害者を憎もうとするなら愛する家族を憎むことになり、被害者を悼《いた》もうとするときは、誰のせいでそうなったのかを思い知る。そんな苦しみがあるだろうか。

表情を失った飯野の顔と、部屋中に詰め込まれていたゴミ袋。斎場の家族と、車両から突き出した腕。記憶の爪《つめ》で心臓を引っかかれたように、痛ましさが募ってくる。

「もう、飯野女史と仕事をすることはないのかねえ。残念なことだ」

「そういえば」

蒲田は不意に顔を上げ、真壁に向いて、訊いてみた。

「飯野の部屋にあった写真ですけど……黄金社には、ぼくの他にもカメラが趣味の人がいましたっけ？」

「カメラが趣味？」

真壁はうつろな目を上げて、

「知らないなあ」

と、首を傾《かし》げた。

「なんで？」

「いや……たまたま、ほんの偶然なんですけど、ネットに『トル心《シシ》』って写真投稿サイトがあって、飯野の部屋にあった写真が投稿されているのを見つけたんです」

「結婚式の写真？」

「じゃなくて、病院のロビーで撮ったヤツです」

そんな写真があったかなあと言うように、真壁は眉をひそめただけだった。

「窓際のデスクに飾ってあったじゃないですか。飯野とご主人が病院のロビーで撮ったやつですよ。自撮りじゃなかったんで、誰かに撮ってもらったものだとは思っていたけど、似たような写真がアマチュアカメラマンの投稿サイトにあったんで、社の誰かが撮ったのかなって」

「いくら写真が趣味でもさ、夫婦と一緒に産婦人科へ行ったりはしないだろ?」

「ですよねえ」

「投稿者の情報は載っていないのかね?　その、『トル心』とかいうサイトには」

「ちょっと待ってくださいね」

蒲田は自分のスマホを出して、投稿サイトにアクセスした。冒頭には、大井ふ頭中央海浜公園で見かけた家族の写真が載せられている。

「あ、そうだ。偶然にも……これ見てください」

蒲田は家族の写真を真壁に見せた。脇から縁が覗き込む。

画面が小さすぎて見えにくいこともあり、縁は濃いレンズのメガネを外した。濁《にご》りのない眼球はそこだけが作り物のように見え、本当にこの人はいくつなんだろうと不思議に思う。それとも、自分も酔いが回っているのか。

「この家族が、なに?」

わけがわからないというように真壁が訊いた。

「同じカメラマンが撮った写真ですけど、そこに写っているお父さんですよ。田町駅の人身事故で亡くなったのは」

「え?」

と真壁は怪訝そうな声を出す。

「斎場の家族葬の？」

「なんだね」

縁が説明を求めたので、真壁が経緯《いきさつ》を説明した。

「私は今ね、残骨灰《ざんこつばい》の本を出そうとしてるんですよ。それで、先週取材で蒲田くんと斎場や火葬場を回ったんです」

その時見かけた家族葬の仏さんが、蒲田くんの乗っていた電車に飛び込んで亡くなった人だったのだと真壁は言った。その先を蒲田が続ける。

「事故の少し前、装丁に使う写真を撮りに海浜公園へ行ったんですけど、海岸で素敵な家族を見かけて、思わず写真を撮っちゃったんです」

「それがこの家族だというのかね？」

蒲田は縁に頷いて、画像の一部を大きくした。腕に結ばれたミサンガの部分だ。

「そのときも、お揃いのミサンガをしてたんですよ」

「人身事故が起きたとき、蒲田くんは窓から外を覗いたそうです。そうしたら、被害者の腕が見えて……」

「ふむ……その腕にもミサンガが？」

「はい」

縁は再びメガネを掛けた。

蒲田はスマホを引き上げて、飯野の写真を探すため、膨大な画像を遡った。

「大井埠頭は蒲田くんの自宅から近いじゃないか。取材した斎場も品川区だから、その家族が家の近くの公園に遊びに行っていたのなら、偶然というよりは必然だった気がするけどね」

「それを偶然と見るか、必然と見るかで、小説は面白くも、つまらなくもなるのだよ」

「それは先生、あくまでも小説の話でしょうが」

「儂が小説以外の話をすると思うのがおかしい」

「出ました。これです」

再びスマホを真壁に向けると、真壁はスマホを取り上げて、画面を凝視した。

「本当だ。飯野さんだな」

「うむ。幸せそうな、いい笑顔だなあ」

縁は痛ましそうに唇を歪《ゆが》めた。

「飯野の部屋に飾ってあったのと、同じ写真ですよね？」

「そう見えるなあ」

「撮影者はプロフィールを載せていないんですけど、『U』というハンドルネームでした」

「U？　上松《うえまつ》とか、宇田川《うだがわ》？　ラノベ部門の？　カメラをやってるなんて話は聞かないけどなあ」

「人物写真を専門に撮っているようでした。それがまた上手いんですよね」

「湯本《ゆもと》くんかな……いや、わからないなあ」

真壁はスマホを返そうとしたが、縁が横から取り上げた。そして他の写真をスクロールしていたが、しばらくすると、今までとはトーンの違う声で言った。

「蒲田くん。このURLを儂に送ってくれんかね？」

「いいですよ」

送信してやろうと手を伸ばすと、縁は勝手にスマホを操作して、自分のアドレスにデータを送った。送り先データを抹消《まっしょう》してから蒲田にスマホを返してくる。操作に長《た》けた行動だった。

「誰が写真を撮ったのか、飯野女史なら知ってるだろう。彼女に訊ねてみてはどうかね？」

もうお猪口を持つこともなく、身を乗り出して縁が言う。

「大切に写真を飾っていたのなら、撮影したときのことも覚えているはずだ。どうかね、真壁さん。結果を知らせてくれないか」

真壁は少し考えてから、「いいですよ」と縁に言った。

「なにか閃《ひらめ》きがありましたか？」

「まあね」

軽快に答える。

「いいアイデアが出たんなら、うちで書いてくださいよ」

追い打ちを掛けるように真壁が言うと、

「儂は義理堅い人間だからね」

否定とも肯定とも取れる言い方を、縁はした。

「いや。大変ごちそうになった。旨かったよ」

酒をすべて飲み干して、唐突に老人は杖を握った。

「もういいんですか？　もう一軒行きますか？」

「いやいやけっこう。東四郎翁《おう》は酒の度を超さぬ。神が降りているうちに書くとするよ。見送りはいらないからね。それじゃ蒲田くん。今夜はありがとう。楽しかったよ」

転ぶのではないかと手を出しかけた蒲田を制し、縁はゆっくり立ち上がる。一度背筋を伸ばしてから、首を些《いささ》か前に出し、姿勢の悪い猫背になると、ゆっくりと杖をつき、足を引きずりながら帰っていった。

蒲田と真壁は立ち上がり、真壁のほうが深々と見送りの礼をした。縁がガード下を出て雑踏に消えていくのを見届けてから、振り返って真壁は言った。

「面白い先生だろう？」

座り直して、残ったつまみを片付けにかかる。

「いくつなんですか」

「知らん」

「知らんって、あの先生はうちの新人賞から出たんでしょ。いや、もう『うち』じゃないけど。なら、プロフィールに年齢とか、他の情報が載っていたんじゃ」

「空欄だったからなあ」

「え、そんなことって許されるんですか」

「許されるもなにも、いい作品なら通すよ。本人ともすぐ連絡がついたしね、覆面作家でやっていきたいということだったし、契約自体も本人じゃなく、先生の法人としているから問題ない」

「そういうもんですか……でも、けっこういい歳ですよね？　ぼくはもっとこう……いっても三十くらいの若い人かと」

お新香の切れ端《はし》を口に入れると、真壁は小鼻の脇に皺《しわ》を寄せて笑った。

「バカだな、先生はもっと若いよ。今のは大家《おおや》東四郎じゃないか」

「大家東四郎？」

「ドブ板長屋の大家をやってる東四郎。『今昔《こんじやく》捕《と》り物長屋《ものながや》』の主人公だよ」

それで蒲田は気がついた。派手な裏地の長羽織。舶来もののメガネに、髑髏が並ぶ羽織紐。それらはすべて、雨宮縁のデビュー作にして大ヒットシリーズとなった『今昔捕り物長屋・東四郎儀覚書《ぎおぼえがき》』の主人公、東四郎の出《い》で立《た》ちだ。作中ではドブ板長屋の大家が、癖のある住人たちと奇々怪々な事件の謎を解いていく。主人公の東四郎は老齢で白髪、飄々《ひょうひょう》とした風貌ながら、事件を解くときは仕立てのいい長羽織に着替えて、髑髏が並ぶ羽織紐を着け、舶来もののメガネを掛ける。彼は自慢の鼻当て付きメガネを『天眼通《てんがんつう》』と称し、心中すべてお見通しだと、嘘つきどもを震え上がらせるのが落ちだ。

「え、じゃ、今のは仮装なんですか？」

縁が去った先に目をやって訊くと、

「ああいう執筆スタイルなんだよ」

と、真面目な顔で真壁は答えた。

「自身も憑依作家と言ってるけどね。ホントに変な先生で、捕り物長屋を書いているときは東四郎。『黄昏《たそがれ》のマダム探偵《たんてい》』を書いているときは主人公の響鬼文佳《ひびきふみか》。『サイキック』を書いているときはサイコパスのキサラギになりきるようだ。先生の担当ならば電話に出たときの声の感じで、いま何を執筆中か、だいたいわかる」

「……変態じゃないですか」

蒲田は正直な気持ちを言ったが、

「どこか変態でなきゃ、作家なんて続けられないんだよ」

真壁は平気な顔だ。

「それはそうと、蒲田くんさ」

伝票を引き寄せながら真壁は言った。

「ちょっと時間作って、区立銀杏病院へ顔を出してくれないかな。雨宮先生も言ってたろ？　飯野さんの写真を撮ったのが誰か、本人は覚えていると思うんだよね」

見舞いに行かねばと、思ってはいた。ただ、どんな顔をして会えばいいのかわからなかった。でも、真壁の指令というのなら……蒲田はオッケーする気で訊いた。

「そうかもですけど、それを訊いてどうするんですか」

「どうするということもないけど、先生があんな感じで食いついてきたときは、ヒット作が生まれる兆候なんだよ。雨宮先生は義理堅いからね。基本的に、うちで拾ったネタを他の出版社で使うことはない。だから、こっちで調べられることは調べてやりたい」

真壁はそこで言葉を切ると、ニヤリと笑った。

「ところが俺は明日から山形へ出張でさ、例の蔵王国定公園の管理人に取材なんだよ」

元熊撃ちの爺さんは、今では蔵王国定公園の管理人になっている。ビールとナポリタンと安いつまみをごちそうになった代わりに、蒲田はまたも指令を受け入れた。


翌火曜日。

装丁の打ち合わせに出たついでに、飯野深雪が入院している区立銀杏病院まで足を伸ばした。彼女が自殺未遂をした時は、カーナビの案内で駆けつけたのだが、徒歩で見舞いに行こうとすると、最寄り駅からバスに乗るしかなかった。蒲田はスマホの案内を頼りに病院へ辿り着き、着いてから見舞いの品を買い忘れていたと気がついた。

病院は住宅地の外れにあって、周囲には気の利いた花屋も、菓子屋もない。仕方がないので院内ショップに寄って、出来合いの小さなブーケを買った。ナースステーションで病室を訊いて、長い廊下を歩いて行くと、飯野がいると聞かされた部屋から、五十がらみの女性が出て行くのが見えた。パジャマや下着だろうか、カラフルな洗濯物を抱えていたので立ち止まる。

そうか、ここは女性患者の病棟なのだ。そんなところへ見舞いに来るのも初めてならば、長いこと疎遠《そえん》になっていた飯野に対し、どんな顔で見舞えばいいかもわからない。

「くそ……真壁さんめ……」

リュックを背負い直してトレーナーの皺《しわ》を引っ張り、ブーケの向きを確認してから深呼吸した。できるだけ明るい顔になるように笑顔の練習をし、表情を保って病室を覗く。

四人部屋の窓際で、ぼんやりと天井を眺めている女性が見えた。ベッドを半分起こしていて、腕には点滴の管がつながれている。彼女の向かいのベッドは空で、手前の二つはカーテンが閉まっていた。患者が眠っているのかもしれないと思い、ノックをせずに室内へ入った。

あの日パンパンに浮腫《むく》んでいた顔は腫《は》れが引け、ちぎれた毛細血管のせいで、飯野の顔は紫色の斑《まだら》模様になっている。うつろな目つきでぼんやりしていた飯野だったが、蒲田がベッドに近づく気配で視線を戻した。生気のない瞳である。

「やあ……久しぶりだね。調子はどう？」

廊下で準備してきた笑顔は、想像を遥《はる》かに超える痛々しさに凍《こお》り付いてしまった。それでも蒲田は歯を見せて、かつての同僚に微笑みかけようとした。

「……蒲田くん」

再会を喜んでくれたのか、そうではないのか、飯野の言い方からは想像できない。

蒲田は院内ショップで買ったブーケを差し出した。

「具合はどう？　これ、ちゃんとしたお見舞いじゃなくてごめん。ここへ来る道がよくわからなくて、着いてから手ぶらだって気がついたんだ。だから、ここのショップで買ったんだけど」

少しでも元気が出るように、黄色とオレンジの花を選んだ。飯野は花を受け取って、

「ううん。嬉しい。黄色大好き」

と、静かに言った。

「真壁さんと一緒に、私を助けてくれたんだってね。お母さんから聞いた」

「うん。発見が早くてよかったよ。真壁さんが、胸騒ぎがするって言い出して……ほら、あの人って、いろいろと変な本ばっかり作っているから」

そう言うと、ほんの微かに飯野は笑った。

「そうだね。でも私、真壁さんが作る本が大好き。真壁さんなら自殺を疑うって、気がつけばよかった。ずっと一緒に仕事してきて、自殺の本も作っていたのを知ってたのにね」

飯野は助かったことを後悔しているのだろうか。やりきれなさが胸に迫った。

「そんな言い方しないでくれよ、頼むから」

変わり果てた飯野を見下ろすと、優しい声で蒲田は言った。

「あの時、ぼくらは、それはもう必死で、ずっと祈っていたんだよ。飯野が助かることしか考えられなかったんだから」

「……うん」

と、飯野は静かに言った。

ベッドと窓の間にパイプ椅子がひとつあり、蒲田はそれに腰を下ろした。二人の目線の高さが合って、彼女の顔がよく見える。うっ血で、飯野は白目も真っ赤であった。

「酷《ひど》い顔でしょ？　母にも散々泣かれちゃってさ。これでも少しは腫れが引けたんだよね。最初はパンパンに浮腫んでいて、私だとわからなかったって」

飯野はキュッと唇を噛み、

「首なんて絞めなきゃよかったなあ」

と、作り笑いを浮かべてみせた。

「こんな醜い顔になるなんて、知らなかったもん。もっときれいな死に方を選べばよかった」

「バカ、飯野……そんな……そんなこと、二度と言うなよ」

蒲田は思わずすすり上げていた。アートのように部屋を覆ったゴミ袋、窓辺に並んだ写真の数々、きれいに洗って詰められていたケータリングのフードパックを思い出す。

「やだ……蒲田くんが、なんで泣くのよ」

眉を八の字に下げて訊く。

「や……だって、飯野のこと全然知らなくて。ぼくはてっきり」

それなりに元気だとばかり思っていたと、口に出してはとても言えない。

「やめてよ。仕方ないんだよ。装丁部がなくなって、蒲田くんも大変だったんじゃない?」

「でも、連絡ぐらいすればよかった。旦那さんの噂も聞いていたのに……連絡ぐらいできたはずだよ……ごめん……何もしてあげられなくて」

もうやめて、と飯野は言って、ベッドテーブルに載っていたティッシュの箱を滑らせてよこした。蒲田は音を立てて洟《はな》をかみ、丸めたティッシュをポケットにしまった。

「やだ、蒲田くん。ゴミ箱あるよ、ゴミ箱に捨てなよ」

骨張った指でベッドサイドのゴミ箱を指す。

蒲田はポケットに入れたティッシュをまた取り出してゴミ箱に入れ、追加のティッシュで涙を拭いた。ずっと案じもしなかったくせに、こうなってから泣いている自分が滑稽《こっけい》で、無責任で、偽善的に思えて情けなかった。ゴミ部屋に詰め込まれていた悲しみを目の当たりにしたら、なおさらだ。自分は飯野を案じなかった。なのに、どうして泣けてくるのか。

「蒲田くん、全然変わってない。今もピュアなまんまだね……ふ……ふふふふ……」

飯野は突然笑い出し、笑いながらティッシュで涙を拭い、そのうちに、肩を揺らして泣き出した。笑いながら泣いている。斑になってしまった顔で、ウサギのように赤い目で、顔を歪めて笑う飯野の姿は、シュールであると同時に悲しくもあった。

蒲田も一緒に泣き笑いしながら、彼女のそばに座っていた。

ティッシュを抜いては洟をかみ、涙を拭いてはゴミ箱に捨てる。交互にそれを繰り返し、ついに箱が空になったとき、蒲田も飯野も笑っていた。痩せてどす黒い顔をして、首にストッキングの跡が残っていても、快活な飯野の姿が少しだけ見えた。

「マズい、全部使っちゃったね、新しいティッシュ買って来るから」

立ち上がろうとすると、

「大丈夫よ、ストックがあるから」

と、飯野は言った。

彼女はサイドテーブルにブーケを置くと、ありがとうと頭を下げた。

「思い切り泣いたらスッキリしちゃった。もっと早く泣けばよかった」

蒲田は何度も頷いた。

「私ね……どうして死ねなかったんだろうって考えていたの。意識が戻ってからずっと」

「だからそれは」

「もういいの」

飯野は蒲田を遮《さえぎ》った。さっき部屋を出て行った女性が、お茶のペットボトルを抱えて戻って来たのだ。窓際にいる蒲田に気がつき、真っ直ぐベッドに寄って来る。

「蒲田くん、私のお母さん」

蒲田は慌てて立ち上がる。

どなたでしょうと訊くように、母親はそっと頭を下げた。蒲田も軽く会釈した。

「お母さん、黄金社の装丁部にいた蒲田くん、私と同期の。真壁さんとマンションへ来てくれた……」

「お邪魔しています」

娘と一緒に鼻の頭を赤くしている蒲田に、母親は驚いたようだった。

「真壁さんと……？　まあ、それじゃ、深雪を見つけてくださった？」

「きれいなお花をいただいたのよ。花瓶《かびん》ってどこかにあるのかな」

「まあまあ、その節は……ホントにこの子がお世話になって」

母親は身体をふたつ折りにした。

「この子ったらもう……私になにも言わないものだから……電話にも出ないし、アパートへ行けば留守のフリで……会社の皆さんにもご迷惑をおかけして……もう、本当に」

「いいえ、お母さん。どうか頭を上げてください」

恐縮して蒲田は言った。

「改めてお礼にお伺いしないと」

「いえ、もう、本当に……ぼくは何もしていないので」

「お母さんたら、もういいから」

見かねて飯野が母親を制した。

「せっかくのお花が萎《しお》れちゃう。水に活《い》けてあげないと」

「あら、そうね。まあきれい」

娘から花を受け取ると、

「空き瓶かなにか借りてくるわね。お花まで頂戴《ちょうだい》して、どうも……本当に……」

母親は再び蒲田に頭を下げて、また病室を出て行った。ペットボトルのお茶を残して。

「蒲田くん。お茶飲む？　サイドデスクの引き出しに紙コップがあると思うんだけど」

三十を越した娘でも、母親にとっては子供なのだろう。照れくささそうに飯野が言うので、蒲田は紙コップを探して一つ取り出し、飯野の分は病院用のマグカップに注いでやった。

「蒲田くんは少しふっくらしたかな？　仕事はどう？　フリーは大変？」

飯野は次第に饒舌《じようぜつ》になっていく。フリーになって、経費節減のために写真を撮り始めたことや、真壁が何かと気を遣って仕事を回してくれること、黄金社からも装丁の依頼が来ることなどを蒲田は語った。会社員の頃も忙しかったが、自営の忙しさは質が違って、蒲田自身、未《いま》だ手探りしていることも白状した。あの人は元気か、この人は今どの部署にいるのかなどと、懐《なつ》かしい話をしていると、独り言のように飯野は言った。

「そうか――……随分《ずいぶん》時間が経っていたんだね。ちっとも実感なかったなあ」

夫を亡くした雨の夜から、飯野の時間は止まっていたらしい。

母親が廊下を戻ってきたが、花を抱えてまた消えた。

「あのさ」

蒲田は飯野の目を見て訊いた。

「飯野がいた頃、営業部にカメラをやっている人っていたっけ？」

「カメラ？　なんで？」

「飯野の部屋へ行ったとき」

「うん」

「その時の話、イヤならやめるけど」

「全然平気。もう大丈夫」

飯野の瞳を覗き込み、微笑んで蒲田は訊いた。

「写真をたくさん並べてあったろ？」

「二人の写真？　うん。たくさん並べていたよ。窓辺のチェストに」

「その中にさ、病院で撮った写真があったんだけど」

掛け布団の上に載せた手を、飯野はわずか拳《こぶし》に握る。

「いや、辛いことを思い出させちゃったらごめん。ホント、ごめん」

飯野は首を左右に振った。

「大丈夫だよ。なんかね……もう大丈夫……死ななかったら、生きるしかないもん」

自殺は家族に被害者と加害者の両方を生むと雨宮は言った。飯野は被害者の妻で、加害者の妻だ。むごすぎる。骨張った薄い手を、握りしめてやりたいくらいだ。

「あの写真ってさ、誰に撮ってもらったの？」

「誰にって？」

「だから写真。病院のロビーでご主人と写したやつ。メチャクチャ素敵な笑顔でさ」

「ああ……」

飯野はぼんやり目を上げた。

「妊娠がわかったときの写真よね。産婦人科の待合室で撮ってもらったやつ」

「それだよ。うちの会社の誰か？」

いまだに『うちの会社』と言ってしまう。

「違うよ。患者さんだよ」

「患者？」

「そう。総合病院だったから、待合室で会った患者さんがね、カメラで」

「写真を？　病院で？」

「うん」

その時のことを思い出し、飯野は微かに眉をひそめた。

「隣が眼科だったのよ。その人、眼科の待合にいて、カメラを持ってた」

「なんで飯野たちを撮ってくれたの」

「声を掛けられて……私たち、『やった！』って言っちゃったんだよね。赤ちゃんができたって結果を聞いて、診療室を出て、すぐに二人で喜んじゃったの。そうしたら、そばにいた人がおめでとうございますって言ってくれて、記念写真を撮ってくれて、データをくれたんだよね」

「そのときの写真、投稿サイトに掲載されているって知ってた?」

「投稿サイトってなに?」

飯野は訊いた。

「『トル心』って言って、アマチュアカメラマンが写真を投稿できるサイトがあるんだけど、そこに飯野の写真が載っているんだ」

「うそ……知らない」

実際の写真を見せてやりたかったが、病室でスマホは使えない。

「でも、その人カメラマンさんだったのよ? 誠二《せいじ》さんが写真を褒《ほ》めたら、カメラマンだって言っていた。幸せな人を撮るのが趣味だって」

「じゃ、投稿の許可をしたわけじゃないんだね」

飯野はゆっくり頭《かぶり》を振った。

「親切で撮ってくれたとばかり……」

不安げな表情になったので、蒲田は慌ててフォローした。

「ていうか、もちろんその人に悪気があったわけじゃないと思うよ。お祭りとか運動会とか、たしかに笑顔の人ばかりアップして、嫉妬するぐらいの腕前でさ……飯野の写真も凄くきれいに撮れていた。あまりに自然な笑顔だったから、知り合いに撮ってもらったのかと思ってさ」

「ううん。知らない人だったよ」

彼女は唇をへの字に曲げた。

さっきまでの笑顔は鳴りを潜めて、蒲田は軽率に質問したことを後悔した。

「ごめん。変なこと訊いちゃったな」

飯野が掛け布団を握って沈黙していたので、

「それじゃ、今日はこれで帰るよ」

と、立ち上がろうとすると、突然腕を掴んできた。細い指が食い込むほどの力であった。

「え……なに……どうした？」

「聞いて。蒲田くん。私の話」

蒲田はストンと椅子に座った。

「話ってなに？　写真のこと？」

蒲田の腕を掴んだままで、飯野は激しく頭を振った。それからベッドテーブルに載せたカップを睨みつつ、記憶を引っ張り出しているようだった。

「写真のことはどうでもいいの。それより思い出しちゃって……やっぱり、どうしても納得できない。あの人が自殺するはずないんだよ」

「え？」

痛々しく真っ赤になった目を、飯野は突然蒲田に向けた。

「誠二さんだよ。自殺なんかするはずなかったんだよ」

「どういうこと？」

身重《みおも》の自分を残して旅立った夫の気持ちが理解できずに、救いのある答えを探しているのだろうと思った。それでも飯野の眼差《まなざ》しを無下《むげ》にはできない。

「なに？　何かあるなら話してよ」

コクンと頷いてから、飯野はようやく蒲田の腕を解放した。

「あのね。ブーケとチケットが届いていたんだ。誠二さんが死んだあと、十月の二十五日に。その日は記念日だったのね。雨宮縁先生っていうミステリー作家がいるんだけど、その人のデビュー作が発売された日で、私たち、先生の本の営業で初めて会ったの」

ブーケとチケット。蒲田は頭の中で反芻《はんすう》した。

「なんのチケット？」

「コンサート。私が好きなJ−POPの。特別席をとってくれていたんだよ。赤ちゃんが生まれたら子育てが忙しくなるし、しばらくコンサートに行けないねって、随分前に話していたのを、覚えてくれていたんだと思う。プレゼントが届いたとき、私は入院していたから不達になって、あとから発送元の誠二さんに帰ってきたの。つまり、うちに戻ってきたんだよ」

飯野は瞬きをして、俯《うつむ》いた。

「入院していたわけは……赤ちゃんがダメになってさ」

蒲田は思わず、骨張った手に手のひらを重ねた。

「真壁さんに聞いた。辛かったよな」

覚悟を決めるように口を結んで飯野は頷く。

「うん。辛かった。もし……」

続く言葉を呑み込んでも、蒲田には、彼女が言いたいことがわかる気がした。流産は自分のせいだと責めているのだ。少しだけ沈黙してから、飯野は続ける。

「荷物の中身を見たとき思ったのよね。誠二さんは自殺じゃない。あれは自殺じゃなかったんだって。だってそうでしょ？　自殺する人がコンサートのチケット買わないでしょう？」

確かにそうかもしれないけれど、正直、蒲田にはわからない。自殺しようと思ったこともなければ、自殺を考えるほど追い込まれたこともないからだ。突発的に死を選ぶ人の気持ちなど、わかりようもないではないか。

「それでね、私、誠二さんの書店に電話をかけたの」

何の為《ため》に？　と、思ったが、訊ねる前に飯野は続けた。

「コンサートは土曜日で、やっぱり彼はお休みをとってた。書店は土日も出勤でしょ？

シフトを申請した日を聞いたらね、跨線橋から飛び降りる十日前だった」

「それ、警察に話したの？」

「話したよ。もちろん話した。防犯カメラとかさ、そういうのを調べて欲しいって」

「それで？」

飯野は唇を噛みしめる。

声は届かなかったということらしい。重ねた蒲田の手から逃れて、彼女は言った。

「説得されただけだった。個室みたいなところに案内されて、どれだけ雨が降っていたとか、跨線橋の手すりに誠二さんの服がこすれた跡があったとか、傘は畳まれていたんだとか……」

その先を彼女は言わなかったが、蒲田は轢死《れきし》男性の家族葬を思い起こした。跨線橋から落ちて列車に轢かれた遺体を見たら、飯野でなくとも流産はする。

――新作のアイデアになるかもしれないだろう？　先生が食いついてきたときは、次のヒット作が生まれる兆候なんだよ――

雨宮縁は何を感じた？　不幸に遭った同僚の写真が投稿サイトに載せられていた。ただそれだけの情報に、どんなネタを嗅ぎつけたのか。

蒲田の胸を、わずかな違和感がひっかいていた。喉に小骨が刺さったような、呑み込みにくい何かを呑み下そうとするような、生理的な嫌悪感だ。解けそうな問題に、ヒントがひとつ足りない感じ。何かに気がつきそうでいて、なにも閃《ひらめ》かないこの感じ。

「じゃ、捜査してもらえなかったってこと？」

「あれは自殺ですよって言われた。書店さんのツイートが炎上していて、名指しで叩かれていたことも知っていて、だから突発的に飛び降りたんだろうって。辛い気持ちはわかるけど、前を向いてくださいとか、奥さんは疲れているから、ショックのせいで気が動転しているんだとか、大体みんな、自殺者の家族はそう思いたがるって……色々言われているうちに……なんか、もう……無理なんじゃないかって」

飯野はきっと諦めたんだ。そして信じ込もうとしたのだろう。愛した人は自分で死を選んだのだと。

「他には相談してみなかったの？　例えば真壁さんとかさ」

飯野はゆっくり頭を振った。

「真壁さんはずっと心配してくれてたよ。会社に休職願を持っていってくれたのも真壁さんだし、雨宮先生のお手紙を預かって来てくれて、時々連絡をくれたり……でもね、なんか……頑張らなくちゃと思うと、余計に心が疲れてさ……人に会うのが億劫《おっくう》で」

外にも出られなくなっちゃって、と飯野は言った。繭《まゆ》のようにゴミの袋に包まれて、生きることを休止するのは楽だったのだと。

「そうか。でもさ、飯野がケータリングサービスを契約していてよかったな。そうでなかったら、ぼくらが見つけるずっと前に死んでいたかもしれないし」

するとと飯野は眉尻を下げて苦笑した。

「あれね。私、契約してないんだよ」

「え？」

「私は契約してないの」

もう一度言う。

「私はずっと夢を見てたよ。誠二さんがもう帰ってこないあの部屋で、いろんな思い出をなぞってさ、すべてが昨日のままなのに、誠二さんだけ、もういない。お腹も空っぽ。なんだろう。これはいったいなんなんだろう。いったい何が起きたんだろう。それなのに、どうして私は生きてるんだろう。そんなことばっかり考えて、起きているような、寝ているような、夜のような、昼のような……そうしたら、誰かが呼び鈴《りん》鳴らすじゃない？　咄嗟に、彼が帰ってきたんじゃないかと思ったりして」

飯野は無理に微笑んだ。

「そしたらケータリングサービスだったの」

「呼んでないのに？」

飯野は頷く。

「今にして思えば不思議だし、未だに不思議だと思うんだけど。呼んでもいないし、頼んでもいない。なのに毎日ごはんが届いて」

「危ないんじゃないの？　それを食べたの」

「食べた」

あっけらかんと飯野は言った。

「飢えた子供みたいにご飯を食べて、フードパックをきれいに洗って、乾かしてから分別の袋に入れた。お腹がいっぱいになったらまた眠り、呼び鈴で起こされて、あとはずっと繰り返し。仕事を辞めたら外界とのつながりがなくなって、時々真壁さんがメールをくれたり……」

一度だけ飲みに出たかな、と、首を傾げる。

「何を着たらいいかとか、外に出るにはどうしていたとか、そういうこともわからなくなっちゃって、だから真壁さんは驚いたと思う。私にはなにも言わなかったけど」

あの部屋を見たときから想像はしていたけれど、それを凌駕《りょうが》する壊れっぷりだったのだ。

「今さら、人間に戻れるのかな……」

ため息交じりに彼女は言った。

戻れるさ。

言葉にするのは簡単だったが、蒲田は黙って飯野を見ていた。

彼女のなにも知らないくせに、壮絶な虚無感を知らないくせに、うわべだけの言葉は吐けない。そう考えて黙っていた。沈黙がひたひたとベッドサイドに積もってゆき、細い腕につながれた点滴が残りわずかになって、ナースコールを押したタイミングで、蒲田は飯野に別れを告げた。

「またくるよ」

「いつ？　私、もう退院しちゃうよ」

「退院してどうする。実家へ帰る？」

「それは無理」

飯野は首を左右に振った。

「たぶんマンションへ戻ると思う。あそこが私の家だから」

「え、大丈夫なの」

本気で心配になってくる。蒲田はリュックをかき回し、独立後に作った自分の名刺を出した。

「退院するなら連絡しろよ」

「なんで？」

なんでって……。

「心配だから。あの部屋にはもう、ゴミがないんだ」

「知ってる。真壁さんから聞いた。蒲田くんと二人で片付けてくれたんだよね」

「うん。だから……ええと……」

とにかく連絡が欲しいと蒲田は告げた。斑模様の飯野の顔は、来た時よりも見慣れたけれど、それでも直視するのが辛い。だから蒲田は彼女の瞳だけを見ていたが、瞳を囲む白目は真っ赤で、どこに目をやっても痛々しさばかりが募ってくる。

「二人に増えた」

唐突に飯野は微笑んだ。唇は皮が剝けてカサカサだったが、口元から覗く歯は白い。

「私を心配してくれる人。真壁さんだけだと思っていたけど、二人に増えた」

蒲田は、かつての飯野も白い歯をしていたと思った。そうだった。元々彼女は美人だったのだ。結婚式の写真を宣伝に使わせて欲しいと、式場から頼まれるほど。

「そうだよ、ぼくが心配するから、何かあったら連絡しろよ」

点滴を替えに看護師が来て、部屋を出るとき飯野は言った。

「ありがとう。蒲田くん」

紫の顔も、赤い目も、見慣れてしまえば飯野の顔だ。

蒲田は軽く手を挙げて、四人部屋を後にした。

バスを待つ間、病院へ飯野を見舞ったと、真壁にメールで連絡した。今日は取材で山形に行くと言っていたから、電話よりメールのほうがいいと思ったのだ。メールなら手の空いたときに確認できる。

あの写真を撮ったのは、病院に偶然居合わせたカメラマンだとメールに書いて、送信してからバスに乗り、最寄りの駅で降りたとき、真壁が電話を掛けてきた。

「メール見たよ。ありがとう」

開口一番そう言うと、「いま大丈夫？」と訊いてくる。

蒲田は電車に乗るのをやめて、コンコースの端に移動した。

「大丈夫です」

「どうだった？　飯野さんの様子は」

「酷い顔でしたけど、元気そうでした。間もなく退院できるみたいで、転院せずにマンションへ戻ると言ってましたけど」

「そうかあ……まだ独りにしないほうがいいんだけどなあ」

「病院へはお母さんが来てましたけど、どうなんですかね？　しばらく一緒にいてくれるとか、ないんですかね？　一応、名刺を置いてきて、退院するなら連絡が欲しいと言ったんですけど」

誰かがそばにいたほうがいいとわかっている。けれど、ただの元同僚にはそれができない。互いに好意を寄せている場合は別だが、退院したと連絡が来たら、時々メールを送るとか、電話する程度のことしかできない。

「そういえば、真壁さん」

飯野との会話を思い出し、蒲田は言った。

「見直しましたよ。仕事の文句言ってばかりのオヤジじゃなかったんですね、やりますね」

「俺が何をやったって？　オヤジ呼ばわりは余計だぞ」

「ケータリングサービス、真壁さんでしょ？　それがあったから生きてこられたって、飯野から聞きましたよ」

「ああ」

と真壁は言葉を切って、

「俺にそんな金があるわけないだろ」

と否定した。

「マンションのローンだって残っているしさ、娘も結婚適齢期だし、財布の紐は嫁さんが握ってる。大手出版社に勤めていても、自由になる金なんかそうそうないよ」

「え、違うんですか？　じゃ、誰が飯野に食料を？」

真壁は低い声になり、

「誰にも言うなよ？　飯野さんにも」

と、囁《ささや》いた。

「雨宮先生だよ。先生に頼まれて、俺が手配したんだよ」

「えっ」

思わず声が大きくなって、通行人が振り向いた。蒲田は壁に向き合うと、

「どうして雨宮先生が飯野に金を出すんです」

ひそひそ声でそう訊いた。

「旦那が自殺したって聞いたからだよ。言ったろ？　先生は無名の新人だったとき飯野さんがプッシュしてくれたことを、ずっと恩義に感じているんだ」

「そういえば先生から手紙をもらったって、飯野が」

「うん。頼まれて俺が渡しに行った。どんな様子か見てきて欲しかったんじゃないのかな……お腹の子もダメだったと話したら、ケータリングサービスを頼んで欲しいと頼まれたんだよ」

「え？　それ全部先生が？　でも、けっこうな期間じゃないですか」

「そうだよ。あのときは先生がそれ用の口座を作ってさ、そこから引き落とすようにしたんだよ。だから長くなるのは覚悟してたと思うんだ。今回だって、たまたま俺たちが見つけたからいいようなものの……」

あ、そうか、と真壁は呟いた。

「ケータリングサービスで飯野さんの無事を確認していたってことか……そうか、そういうことか……やるなあ」

「なんですか？」

「いや……先生は、彼女が自殺するかもしれないと思っていたんじゃないのかな」

「ナニモノですか、雨宮縁って」

蒲田が眉をひそめて訊くと、

「ふふん」

と真壁は不敵に笑った。

「俺も未だによくわからないんだが、奇人変人なのは確かだ」

「だから真壁さんと気が合うんですね」

——あ、どうも。そうですか？　それじゃ……わかりました——

誰かと話す声がして、

「蒲田くん。ちょっと切るよ」

突っ込みもないまま、真壁は電話を切ってしまった。

昨晩会ったばかりの雨宮縁という男のことを、蒲田は思い出してみた。

東四郎が仮装だったとしても、真壁くらいの年齢にはなっているだろう。その歳で変装ごっこもないと思うが、得体の知れない人物であるのは確かだ。反面、飯野のためには安からぬ金を出す。実は、飯野は愛人だった？　邪推してみたものの、飯野に浮気は似合わない。しかもあんな爺さんだ。

「筋金入りのお人好しなのか？」

するとと今度は、縁の持つ独特の雰囲気とはそぐわない気がした。いずれ作家というものは、真面目でピュアな部類と、作家ごっこをしたい部類が一定数いて、残りが電波なタイプらしい。雨宮縁は電波なんだと勝手に決めつけ、蒲田は電車に乗った。


夜十時過ぎ。ひと仕事終えて風呂に入ろうとすると、脱衣所に置いたスマホが鳴った。

「真壁です」

と、声がする。

「今いいかな？」

蒲田はスピーカーホンにセットして、浴室の扉を開けたまま、湯船に沈んだ。

「大丈夫ですけど、なんか頼まれてましたっけ？」

真壁の仕事はフィニッシュしたはずだ。両手に湯を汲んで顔を洗っていると、真壁は言った。

「仕事じゃなくて悪いんだけどさ。ほら、有楽町で蒲田くんがしていた話、雨宮先生がサイトを見てさ、蒲田くんの写真と比べてみたいと言ってるんだけど」

蒲田は天井に視線を上げて、

「ぼくの写真？　なんの写真でしたっけ」

と、真壁に訊いた。ガード下の居酒屋では、酔いに任せて色々な話をしたものだから、
写真を見たいと言われても、何のことなのかピンとこない。

「ネットの写真投稿サイトの話をしたろ？　同じ人物を蒲田くんも撮ったんだよね？　それらの写真を比べてみたいと言っているんだ」

顎まで湯船に沈んでから、蒲田は「ああ」と、声を上げた。

「ミサンガの？」

「そう」

「データを送ればいいってことですか？」

「俺のアドレスに送ってくれるか？　先生へ転送するから」

「わかりました」

と蒲田は言って、念の為に訊いてみた。

「写真がどうかしたんですか？」

「なんかインスピレーションが湧いたんだろ。そういうところがあるんだよ、あの先生は」

例によって急げと言うので、蒲田はブツクサ言いながら、バスタオルを巻いて風呂を出て、写真データを真壁に送った。真壁のことだからメールを丸ごと縁に転送するかもしれない。文章を書くのが苦手な蒲田は、気を遣って文面を打ち込んでいるうちに、危うく湯冷めしそうになった。

風呂に戻ってよく温まり、シャンプーをしているとき、また電話が来たが、手を離せないので放っておいた。風呂を上がってスマホを見ると、折り返し電話をくれと真壁からメールが入っていた。すでに十一時を過ぎている。

「山形にいるときのほうがうるさいってどういうことだよ」

蒲田は真壁に電話した。

「出張中じゃないんですか？」

開口一番文句を言うと、思いがけず真剣な声で真壁は言った。

「蔵王にいるさ。ところで蒲田くん、明後日《あさって》少し時間がないかな？」

「明後日ですか？」

「ダメなら明日の夜でもいいけど、俺がそっちへ帰れる時間がわからなくてさ。ほら、取材相手のお爺さん、直接話ができないだろう？」

若い頃はマタギだったという国定公園の管理人は、今や九十を超えている。蒲田が取材に同行したときも、方言がきつくて何を喋っているかまったくわからなかったのだ。それで時間が押してしまって最寄り駅で野宿したうえ、真壁が再び山形へ向かうことになった。今回は標準語がわかる娘さんに通訳してもらっているのだが、思ったよりずっと時間がかかっているのだという。

「もしかして、もう一度くらいはこっちへ来なきゃならないかもしれない。参ったよ」

「今度は娘さんとも会うんですか？　またぼくが？」

「そうじゃないよ」

と真壁は答える。

「さっき雨宮先生から電話が来てさ、蒲田くんから直接話を聞きたいというんだ。編集者として俺も同席するべきだから……」

「話って、なんの話です？」

真壁は一瞬言葉を切ると、一呼吸置いてから言った。周囲に警戒して、スマホを引き寄せたような声だった。

「もらった写真を含め、いろいろと調べたそうだ。そうしたら、飯野さんのご主人やミサンガの家族だけじゃなく、もっと死んでいるんじゃないかって」

「え？」

「先生が知るだけでも四人。被写体になった人物が死んでいるらしい。しかも、ほとんどが不慮の事故だって」

車体から突き出していたミサンガの腕や、紫になった飯野の顔がフラッシュバックする。風呂から出たばかりだというのに、蒲田は頭から水をかぶせられたようにゾッとした。

第四章　シャッターを切る『U』

木曜日。午前十時を過ぎた頃から都内の気温はグングン上がり、待ち合わせの八重洲《やえす》中央口に着いた頃には、三十度に達しようとしていた。

真壁はジャケットを脱いで腕に掛け、比較的ラフな服装で現れた。出張がハードだったのか、いささか疲れた顔をしている。

「お疲れ様です」

蒲田を見ると、気怠《けだる》そうに片手を挙げた。

そこからJR総武線快速に乗って、成田《なりた》空港方面へ向かうこと約三十分、船橋《ふなばし》駅で電車を降りるまでの間、真壁はしきりに肩を揉《も》み続けていた。

「蔵王は大変だったようですね」

「大変ってこともないんだけどね」

管理人の家族が、遠くまで来てくれたのだからと、クマ肉でもてなしてくれたと言う。

「よかったじゃないですか」

「そこまではいいんだよ。クマ鍋も、鹿肉のルイベも旨かったしね。問題はそこからでさ。蒲田くん、『つや姫《ひめ》』って米を食べたことあるかい？」

切れ長の目をシバシバさせて訊く。

「ないですけど、美味しいんですか？」

「山形名産の米なんだってさ。地元じゃ新米が出るのを待ち望んでるほど旨い米なんだよ。艶《つや》も粘《ねば》りも甘みもあってさ」

「へえ。食べてみたいですね」

「だろ？　時節柄、もう新米じゃないんだけどね、その米を塩むすびで食べさせてもらってさ。旨いですねえって褒めたら、土産《みやげ》に持っていけって言われて」

「え、持たされたんですか？」

「十キロね。だって断り切れないもんなぁ」

真壁は笑う。

「娘さんが風呂敷に包んでくれたんだけど、重いわ持ちにくいわで参ったよ。いや、ありがたかったんだけどね。移動がバスと新幹線だからさ」

編集者はたいていパソコンや資料やゲラや書籍を携帯するので荷物が多い。さらに米を持たされて四苦八苦している真壁を想像すると、蒲田は知らず笑ってしまった。しきりに肩を揉んでいるのもやむなしだ。二人は揃って駅舎を出ると、タクシーを拾った。

「雨宮先生の仕事場、極秘だからね。うっかり誰かに話さないように」

真壁は蒲田に念を押してから、運転手に行き先を告げた。

車が走り出すと、窓の外を見てあくびをする。昨夜、帰りの新幹線では電気系統のトラブルがあって、車内で二十分ほど待たされたらしい。疲れて早く帰りたいのに、たった二十分が二時間にも感じられたと文句を言う。

「作家の先生って、編集者にも個人情報を知らせないものですか」

「そんなことはないよ。それぞれじゃないかな。ま、新人がデビューしたら、うちは出向いてでも住環境は見ておくけどね。たまに、小説を書いているなんて家族にも秘密だから、自宅に来てもらっちゃ困ると言われることがあるよ。エロ系の話を書いてる人とか、ラノベとかさ。でも、作家のことを知るのも仕事のうちだしな」

「ですよねえ」

「雨宮先生の場合は最初から──」

真壁は蒲田に眠そうな目を向けた。デビュー時の雨宮縁を担当したのは、当時文芸局にいた真壁であった。その縁《えん》が、今もこうして続いているのだ。

「──受賞すると、担当者と編集長で挨拶《あいさつ》に行くだろう？」

「みたいですね。ぼくは編集部じゃなかったけど、話には聞いてます」

「うん。で、雨宮縁の時は、指定されたのが羽田《はねだ》空港でさ、初対面はロビー近くのコーヒーショップだったよなあ。作風が小洒落《こじゃれ》ているから若者が背伸びして書いたと思っていたら、有楽町で会ったのと同じ爺さんが、杖をつきながらやって来て、編集長がドン引きしてたな」

「わかります。ぼくだってまさか、あんな年寄りだとは思っていなかったですからね」

真壁はニヤニヤと妙な笑い方をした。

「なんで羽田空港だったんですか？　住環境を見ておくのが定石《じょうせき》なんでしょ」

「受賞の連絡をしたときは、海外にいたらしくてさ」

「あの歳で海外ですか？　どんな仕事をしてたんでしょうね。若いときは」

「IT関連じゃないかと思ってるんだが。まったく喋らない先生なんだよ、自分のことはね」

縁がスマホを自在に操作していたことを思い出して、蒲田は言った。

「スーパー爺さんじゃないですか」

「いや、本当にそうなのか、わからないよ？　ただ、仕事場を見て想像するに」

「脳みそが柔らかいんですね」

「筋金入りの変人だよ。俺は嫌いじゃないけどね」

真壁はまたもニヤニヤ笑う。

タクシーは郊外を走り続け、やがて新興住宅地の外れで止まった。

二人が車を降りたのは、悪くいえば刑務所のような四角いコンクリート壁の前だった。ルーバーや風通し穴の類いはどこにもなくて、威圧感さえ感じる高さの壁だ。奥に樹木が見えるわけでもなく、のっぺりとした景観が十五メートルほども続いている。なんの施設だろうと思っていると、真壁はやはりニヤニヤ笑っている。

「え。ここですか？」

返事の代わりに、真壁は壁に沿って行く。

「なんですかこれ。あの先生は研究者かなにかですか？」

「だからわからないんだって」

異様な壁があるのはここだけで、それ以外は普通の住宅地だ。比較的新しい一帯らしく、近所にはモデルハウスのような新築の家が並んでいる。真壁について壁の終わりまで歩いて行くと、入口らしき切れ目があって、切れ目の奥にも塀《へい》があり、沖縄《おきなわ》の伝統的住宅に見る風除《かぜよ》けのような構造になっている。壁にインターホンがついていて、ブザーを押して真壁が言った。

「ごめんください。黄金社の真壁です」

それから真壁は蒲田に向かって、「驚くぞ」と囁いた。

「少しお待ちください」

男性の声がして、風除けについた通用口のような扉が開く。

中から四十がらみの男が顔を覗かせた。

「お疲れ様です。遠いところをすみません」

真壁と蒲田を招き入れると、男は扉を閉じてから、改めて蒲田に頭を下げた。

「蒲田くん。こちら、先生の事務所の庵堂《あんどう》さん」

蒲田は慌てて、普段あまり使うことのない名刺を探した。リュックからようやく名刺入れを出したとき、庵堂と呼ばれた男は自分の名刺を手にして待っていた。

「ジタバタしちゃってすみません。先生のシリーズの装丁デザインをやらせていただいている蒲田です」

「雨宮がいつもお世話になっております。庵堂です」

交換した名刺には『雨宮縁事務所・庵堂貴一《きいち》』とシンプルな文字があり、モバイル電話の番号とメールアドレスだけが書かれていた。

「こちらへどうぞ」

庵堂という男は長身で痩せ型。アングラ劇団の役者のような雰囲気を持っていた。長髪で、白いシャツに洗いざらしのデニムパンツ、足にはサンダルをつっかけている。日に焼けた肌に無精ひげ、そのくせ瞳は黒々として瑞々《みずみず》しく、仕草は流麗でそつがない。

灰色の壁の内側は、やはり灰色の壁だった。あらゆる装飾を排除した無機質さで、地面に白い玉砂利が敷かれ、四角くて黒い飛び石が、灰色の建物に向かって続いていた。建物自体は三階建て程度の高さだろうか、敷地の中央に建っている。地面はフラットで、樹木一本、草花一本植わっていない。コンクリート、白い玉砂利、そしてまたコンクリートという景観は、寒々しくて、なんだか巨大な墓石のようである。御影石《みかげいし》の飛び石を踏んで、三人は建物をぐるりと回り、門と反対側に回り込む。こちらは一階と三階の壁に窓があり、一階内部にグリーンが見えた。どうやら建物は二重構造になっており、内側に坪庭《つぼにわ》があるようだ。

「変わった設計ですね。有名な建築士が建てたとかですか？」

蒲田が訊くと、庵堂は笑った。

「先生ですよ。建築士は、こんなものはダメだと言ってましたが、聞かないんです」

こちらですと庵堂が示したのはシンプルな入口で、鉄筋のルーバーの奥に玄関がある。やはり内部に坪庭が設《しつら》えられて、黒竹《くろちく》が植えられていた。

「はあー……」

あの爺さんは何者なんだと、蒲田はまたも考える。

三和土《たたき》の床も黒御影石で、式台に二人分のスリッパが揃えてあった。

「どうぞ、お上がりください。先生は仕事場です」

建物内部は空調が効いて、さわやかに風が吹く竹林へ案内された気分であった。

前にも訪れたことがある真壁が先にスリッパを履き、蒲田も倣《なら》って玄関に上がると、庵堂は影のようについてきた。なんの装飾もない玄関は左右が扉で、正面にエレベーターがついている。

真壁が迷わずエレベーターを呼び、狭い庫内に三人で入った。家庭用エレベーターなる代物に初めて乗った蒲田が計器を見上げているうちにドアが開き、真壁が降りる。続いて蒲田が降りるまで、庵堂は操作をしてくれた。

エレベーターの前は、いきなりひとつの空間だった。三十畳の上もあろうかというだだっ広い部屋は、床も壁も天井も真っ白で、中央にパソコンデスクがひとつ。上には重ねた書籍と文房具、ノートパソコンが載っていた。テーブルにいたのは長羽織の爺さんではなく、真っ赤なスーツを着込んだ四十がらみの女であった。

「黄金社の真壁さんをお連れしました」

庵堂は彼女に向かって声を掛け、

「下にお茶を用意しておきますから、お話が終わったらどうぞ」

真壁に言って、再びエレベーターに乗って行ってしまった。

「悪かったわね。呼び出して」

組んでいた足を床に下ろして、スーツの女が立ち上がる。優雅に波打つロングヘアー、隙のないメイクと、くっきりした目鼻立ち、タキシードスーツは品がよく、サルヴァトーレ・フェラガモとか、フェンディとか、高価なイタリアブランドの匂いがする。

彼女はピンヒールの踵《かかと》を鳴らして蒲田のそばまでやってくると、

「あなたもよ。蒲田さん」

と、微笑んだ。

「え……？　あ……　いや……」

どなたですかと真壁を見れば、顔を背けて笑っている。

「蒲田くん、先生だ。雨宮縁先生だよ」

真壁は笑いながら眉毛を掻いた。

「ウソでしょ」

蒲田の驚きように、女はただ小首を傾げる。

居酒屋で会った爺さんとは別人だ。ヒールのせいもあって背が高く、モデルのようにスラリとしている。微笑む口元にはピンクのルージュ。長いまつげに縁取《ふちど》られた目は、吸い込まれるような瞳の色だ。

「雨宮縁先生？　え。いや。ええっ？」

狐《きつね》に化《ば》かされたとは、こういうことか。状況を把握できずにいると、

「なにか？」

女はニッコリ微笑んだ。

「『今昔捕り物長屋』の第一稿が上がって、今は『黄昏のマダム探偵』を執筆中。ですよね、先生？　彼女は主人公の響鬼文佳だ」

奇人変人どころか変態じゃないか。

失礼とは思いつつ、蒲田は上から下まで彼女を眺めた。なにをどう考えたなら、あの爺さんと、この女性が、同一人物になるのだろう。

「マダム稼業って退屈でしょう？　だ、か、ら、小耳に挟んだ話から、隠された犯罪を暴くのが私の趣味なの。居酒屋で聞いた蒲田さんの話が、私の勘にヒットしてきた。『これは事件よ、まだ誰も気付いていない事件だわ』」

（出た。響鬼文佳の口癖だ）と、真壁が蒲田に耳打ちをする。

蒲田は『黄昏のマダム探偵』を読んでいないが、ドラマ化されたときは毎週観《み》ていた。たしかに文佳役の美人女優も同じ台詞《セリフ》を吐いていた。

『これは事件よ、まだ誰も気付いていない事件だわ』と。

響鬼文佳と化した縁は女優に負けないビジュアルで、ムスクの香りをさせていた。手も足も長く、足に張り付いたかのようにピンヒールを履きこなしている。ただ、やはり少しだけ足を引きずる癖がある。東四郎は老人キャラだから敢《あ》えて杖を使っていたのだろうが、縁自身も足が悪いのかもしれない。それにしてもまさか本当に、これほど奇妙な人間がいるとは。雨宮縁はどこかが壊れているのだと、蒲田は、そう思うことで自分を納得させようとした。

「早速だけど、見て欲しいものがあるのよ」

人差し指をクイクイ曲げて、縁は二人をデスクに呼んだ。喋り方にも動きにも、一切のてらいがなくて、縁本人が本当に自分を響鬼文佳と思い込んでいるかのようだ。

（な、驚いただろ？）耳元で真壁が囁く。（でも、すぐに慣れるさ）と。

蒲田はここに来てからずっと驚き続けている。墓石のような建物に驚き、縁の豹変《ひょうへん》ぶりに度肝を抜かれ、さらにはこの奇妙な部屋だ。まともに見えるのは庵堂というスタッフだけで、それ以外はどこもかしこも異様である。これほど広いのに、部屋にはデスク以外の家具がない。家具どころか窓もなく、床も白、壁も白、天井も白で、遠近感が狂ってくる。天井の中央と壁際に投影機が並んでいて、レンズに自分が映っていた。

「あれはなんですか？」

と蒲田は訊いた。答えたのは真壁のほうだった。

「立体プロジェクターだよ。庵堂さんがその道のプロなんだ」

「時間と空間が交錯する部屋よ」

片手をデスクについたまま、はすっぱな感じに縁が言った。

まったく意味がわからない。

眉をひそめていると、考えが顔に出たのか、縁がプッと吹き出した。

「いいわね、蒲田くん。あなたは素敵よ。考えがすぐ顔に出るから、信用できるわ。特別に見せてあげるわね」

そう言って、パソコンのキーを操作する。

部屋は突然暗くなり、プロジェクターのスイッチが入って、様々なものが出現した。壁、畳、柱に障子、三和土に引き戸、竈《かまど》、水瓶《みずがめ》、ザルに鍋……わずか数秒後、蒲田は真壁や響鬼文佳とともに、ドブ板長屋の狭苦しい部屋に立っていた。

「うっ、えっ、おっ？」

風がバタバタと引き戸を揺らし、破れた障子の穴から向かい側が窺《うかが》える。障子に差した明かりは夕暮れの朱《あか》さで、お寺の鐘が鳴っている。驚いて周囲を見渡していると長屋は消え去り、次に現れたのは豪華なロココ調の部屋だった。床は板張り、壁はブルーの漆喰《しっくい》で、巨大な鏡、猫足のソファ、テーブルには巨大な花瓶と、溢れんばかりの花がある。

「私の部屋よ」

と、縁が言った。

「ただしこれはマダム探偵の表向きの部屋で、本当の文佳はアールデコが好みなの」

その一言で部屋の様子はがらりと変わる。

モノトーンの壁にアイボリーのカーテン、スタイリッシュな椅子はアンバーと黒、真っ赤なクッションが置かれている。

蒲田が声を失っていると、たちまち部屋は白一色の空間に戻った。

「先生はシリーズごとに執筆環境を変えているんだ。複数のシリーズを同時進行で書くために考えた、苦肉の策なんだってさ。本当は、テーブルもその都度《つど》替えたかったらしいんだが」

「入れ替えに時間が掛かるから諦めたのよ。一秒だって惜しいから」

「だから小物は最小限にして、例えば、江戸時代の東四郎を書いているときは、畳に文《ふ》机《づくえ》を使うのだそうだ」

「長屋暮らしはお膳《ぜん》なのよね。狭い長屋に文机はなかったみたいだけれど、そこは作業効率重視にしているの。書くのも筆でなくパソコンだしね……でも、時代の空気には浸《ひた》れるでしょう？」

縁は白い歯を見せる。

「じゃ、この部屋はそのために作ったんですか？」

「そうよ。最初の頃は都内の資料館を回って、イメージを持ち帰って書いたのだけど、なかなかその時間も取れなくなってきて、ならばいっそ、どんな空間も再現できる部屋を作ろうと」

「そこまでやりますか」

呆《あき》れて言うと、真面目な顔で縁は答えた。

「私は才能溢れる作家じゃないの。できることならなんでもやるわ」

「ま、新人も大御所も関係なく、売れない作家には冷たいですからね、この業界は」

しれしれと真壁は言った。

「そういうわけで、必死なのよ」

縁は椅子を引いてデスクに座り、近くへ来るよう蒲田に言った。二人で縁の背後に回ると、パソコンのモニターには蒲田が撮った写真を含め、四家族分の写真が並んでいた。

「真壁さんからお聞きになったと思うけど、有楽町で蒲田くんから話を聞いて、いただいたURLを調べてみたわ。『U』という投稿者のアルバムを。そうしたら、私の記憶にある人物含め、不審死した人が四人もいたのよ」

一人はミサンガの家族の父親で、一人は飯野のご主人だ。縁がほかに抜き出していたのは、SNSから火がついてモデルをしていた双子の少年。さらに、スーパーの駐車場で撮ったと思しき高齢夫婦の写真であった。

「この双子は知っています」

蒲田はモニターを指さした。

「さすが、ご存じ？　そうよね、一時は有名だったものね」

「たしか、うちの雑誌で特集を組んだこともあったよな？」

真壁が訊いて、蒲田が答えた。

「そうです。ぼくも手伝いに駆り出されたので、この子たちだけじゃなく、お母さんのことも知っています。やんちゃだったけどかわいい子たちで、サイトを見たとき気がついて、大きくなったろうなと思っていたところでした。この子たちがどうかしたんですか？」

「この春の記事よ」

縁は パソコンを操作して、過去のネットニュースを呼び出した。

【増水した用水路に自転車で転落、カリスマ双子モデルの弟死亡】

顔面をモザイク処理した双子の写真と、川の写真が載せられている。

縁が椅子ごとよけたので、蒲田は真壁と記事を読んだ。

――18日午後8時ころ、千葉市東区《ひがし》○×町の市道沿いにある用水路（幅約1メートル20センチ、深さ約1メートル、水深60センチ）に、子供用の自転車が落ちているのを、近くにある塾の講師が見つけて警察に通報した。

自転車は近隣の小学校に通う児童（6）のもので、捜索の結果、午後9時過ぎに暗渠《あんきょ》で児童の遺体が発見された。児童は双子の兄と塾へ通っていたが、この日は別々に塾へと向かい、弟が来なかったため、家族や職員が探していた。

千葉東警察署によると死因は溺死《できし》で、誤って自転車ごと用水路に転落したとみられる。

前日からの雨で用水路は普段より水位が高く、付近に転落防止用の柵はなかった。兄弟は双子モデルとして人気があった――

「ウソだ……全然知らなかった……」

蒲田が呟き、

「急に話題から遠ざかったと思っていたら、まさか、片方が亡くなっていたのか」

と、真壁も言った。

「それで、こちらは四年前」

真壁の脇から手を伸ばし、縁が別のデータを呼び出す。

【立体パーキングから車転落、運転者が死亡　操作ミス？】

――5日午前11時55分ころ、千代田《ちよだ》区神田《かんだ》××町の大型スーパー○○の立体駐車場から、市内に住む男性（79）の乗用車がガードフェンスを突き破り、約9メートル下の搬入口に転落した。男性は病院に運ばれたが、全身を強く打っており、間もなく死亡した。

警視庁神田警察署によると、男性は妻と買い物に来て、止めていた車を動かそうとした際、高さ15センチの縁石を飛び越え、同120センチのガードフェンスを突き破って、車ごと地面に転落した。ブレーキとアクセルを踏み間違えたとみられ、近くにいた妻が11

9番通報した。

男性はシートベルトをしていなかった――

「この運転手が、その写真の、ご主人のほうだと言うんですか？」

縁のモニターには笑顔の高齢夫婦が映っている。あまりにも仲睦《なかむつ》まじい様子だったので、蒲田も記憶していた二人であった。

「まだいるかもしれないけれど、ニュースで拾えたのはこの程度だったわ。自殺なんかの場合だと、遺族に配慮して報道しないことのほうが多いから」

縁はくるりと椅子を回して蒲田を見上げた。

「飯野さんは誰かに写真を撮ってもらったのよね？　それは誰だった？」

蒲田も縁を見下ろした。

「先生は何を考えているんですか？」

「まだなにも」

と、縁は答えた。

「それじゃ、どうして投稿サイトを調べたんです」

「浅ましい好奇心よ。言ったでしょ？　いつだってネタを探しているって」

美しい顔を崩しもせずに言うけれど、言葉通りとは思えない。何かが縁の好奇心を刺激したのだ。蒲田はそれが何かを知りたかった。

「それじゃ訊き方を変えますけれど、『U』という投稿者のなにが、先生の好奇心を刺激したんですか？」

人の不幸を小説のネタにしようなんて考えは、縁ならずとも浅ましい。けれどサイトの膨大なデータを調べることは、ただの興味ではできないはずだ。

縁がすっと視線を外す。蒲田はさらにこう訊いた。

「飯野の病院へ見舞いに行ったら、本人が契約してないケータリングサービスに救われたって話していました。お金を出したの、先生ですよね」

縁はなにも答えない。蒲田は縁ではなく、真壁に訊いた。

「ぼく……失礼なことを訊いていますか？」

「そのことは飯野さんに内緒なんだよ。先生が知らせなくていいと言うからね」

「ぼくも何も話しませんけど。飯野は、今やっと不思議に思うって感じでしたよ。本当にギリギリの精神状態だったみたいです。ボーッとしていると食べ物が届くから、何も考えずに食べていたって」

「それでいいわ。家族を突然失ったらね、人は抜け殻《がら》になるものよ」

ため息交じりに縁が答えた。

「そして同じことばかり考え続ける。なぜ、どうして、どうしていればこの不幸を避けられたかと。バタバタ忙しい間はまだいいの。でも、お葬式が終わって独りになったら、衝撃と悲しみのストレスに押しつぶされて真っ白になる。飯野さんの場合は特に、怒りも悲しみも憎しみも、ぶつける相手がいないから……絶望のなか、ときに人を救うのは怒りだったりするのだけれど、自殺者の家族はそれすらできない。悼《いた》む相手が憎むべき相手だなんて、そんな地獄はないのよね」

縁は蒲田を見上げると、次に真壁の顔を見た。

「あのとき彼女はメールをくれた。私はそれを無視してしまった。彼女は訊いてきたというのに、彼は本当に自殺でしょうかと」

「ぼくも同じ話を聞いてきました」

蒲田も思わず真壁を見やる。

「ご主人が記念日に買ったチケットが、不達で家に帰ってきたって。自殺する人がチケットなんか買うわけないって」

「俺も相談されてたよ。前にも言ったけど、ネットの炎上程度で警察は動かないし、炎上とご主人の死を結びつけるのも突飛な話だと、個人的には思ってさ」

「飯野は警察に相談したけど、慰められて終わったと」

縁が頷く。

「私も真壁さんと同じ対応をしてしまったの。突然のことで現実を受け入れられないんだと思ったわ。ずっとそばにいて、寄り添ってあげることもできなかった。彼女の人生に踏み込みすぎて、抜け出せなくなるのも怖かった」

縁はすっと両目を細め、

「人間って、勝手だわね」

と、蒲田に言った。

「でも、有楽町で蒲田くんからミサンガの話を聞いて、同じサイトに飯野さんたちの写真があったと知って、考えが変わった。私の勘にヒットしたのよ。同じ人物が写した二組の家族。そのどちらもが、不慮の事故で家族を亡くす？　それは偶然？　ゾッとした」

縁は、今度は真壁に訊いた。

「ミステリー作家の性と思っているのでしょ？　でも違う。ホンモノのときは鳥肌が立つのよ。普段は見せないところにね」

真壁を誘惑するかのように、ブラウスの襟《えり》に指を這わせる。蒲田には、縁が響鬼文佳にしか見えなくなった。

「だから蒲田くんからURLをもらって、サイトの写真を調べたの」

「それで双子と、スーパーの事故を見つけたんですか？」

その執念はまさに、暇と時間を持て余している響鬼文佳のものである。

「それだけじゃないのよ」

縁はブラウザを起動して、トル心に投稿された『U』のページを呼び出すと、アルバムを一覧にした。

「この人の行動を把握したくて、写真がどこで撮られたものか、庵堂と手分けして調べたの」

「うう、マジですか……そんな時間があったら、先生――」

と、真壁は言いかけ、

「――まあ……先生の場合、それで〆切《しめき》りを落とすわけじゃないから、いいんですけどね。身体には気をつけてくださいよ？　休む時は休んでおかないと、この後もスケジュールが混んでいるんじゃないですか」

「ご心配には及ばないわ」

と、ブツクサ言った。

縁は笑う。

「いい？　ミサンガの家族の写真が撮られたのは、大井ふ頭中央海浜公園――」

「そう言えば、ぼくは『U』を見たかもしれない」

蒲田は突然そう言った。

「松林から浜を撮っている人がいました。もしかして、あれが『U』だったのかな」

「どんな人だった？」

縁に訊かれたが、首を傾げた。

「わかりません。シルエットだけだったので」

縁もわずかに首を傾げて、中断された話を続けた。

「――ミサンガの父親が飛び込んだのが田町駅、たぶん家族は品川区の在住で、家の近くの公園へ、よく遊びに行っていたのね。飯野女史のマンションは港区《みなと》で、双子の一人が亡くなったのは千葉の東区だけど、有名になる前の双子は品川区に住んでいた。当時のSNSを見ればわかるわ。あと、アクセルを踏み間違えた老夫婦の事故は千代田区にある大型スーパー○○で……」

一覧から祭りの写真を指して縁は言った。

「これは高円寺《こうえんじ》の阿波《あわ》踊り。これは江戸東京夜市」

次には公園で撮られた写真を指さす。

「これは石神井《しゃくじい》公園、こちらは代々木公園」

「写真はすべて都内で撮られているってことですね」

「そう。他県の写真は一枚もないの。雨や曇りの写真もないわ」

「ぼく個人は、雨や曇りの写真を撮るのが好きですけどね」

「蒲田くんの趣味はどうでもいいのよ」

縁はピシャリと斬り捨てた。

「つまり先生は何を言いたいんです？」

真壁が訊ねる。

「写真をよく見て。気がつかない？」

蒲田と真壁は視線を交わし、前のめりになってモニターを覗いた。どれも笑顔が秀逸《しゅういつ》な写真ばかりだが、シチュエーションはさまざまだ。祭り、公園、ショッピングモールや下町の商店街、路地、図書館、駅、幼稚園……食い入るように見ていると、真壁が言った。

「家族ってことですか？　どれも夫婦か親子、あとは婚約したカップルで、見ようによっては家族写真なんですね」

「よくできました」

言われてみれば、祭りのワンシーンを切り取ったものでさえ、父と娘、祖父《じい》さんと孫、夫のねじりハチマキを直す妻などの様子を撮っている。

「本当だ。真壁さん、よく気がつきましたね。確かにこのカップルも婚約指輪をはめていますね」

「だからどうだと言うんです？」

真壁が聞くと、縁は言った。

「ある意味偏執的《へんしゅうてき》なものを感じるわ。そうじゃない？」

「写真に、ですか？　どれも素晴らしい笑顔なのに」

「だからこそよ、蒲田くん、あなただったら、どんなふうに笑顔を撮るの？」

「ぼくですか？」

蒲田は想像して、言った。

「ぼくは風景専門なので、人物写真は難しいけど、もしも撮るならモデルさんに話しかけたり、誰かに頼んでモデルさんと話をさせたり、そうしておいて何枚か撮って、いいものをチョイスして使うかな？　そのほうが自然な笑顔が撮れますもんね」

「知らない誰かを偶然撮る場合はどう？」

「そういうことは、ほとんどないと思うけど」

「なぜないの？」

「だって笑顔は瞬間だから、いい笑顔だなと思ったときは、もう別の表情になって……」

蒲田はハッと気がついた。

「見知らぬ相手のその瞬間って、そうそう撮れるものじゃないですよ」

縁は深く頷いた。

「蒲田くんがミサンガの家族を撮影したのは偶然で、彼らが絵になるから写真を撮った。でも、最高の笑顔を瞬間的に撮るのは難しい。そうじゃない？」

「そうですね。あのときは、偶然見かけた三人家族があまりに素敵で」

「ずっと見ていた?」

「はい。見ていたと思います。ずっと」

「『U』も彼らを見ていたはずよ。ずっと蒲田くんの写真と『U』の写真、この二つを比べてみると」

縁は二枚の写真を並べた。とてもよく似たアングルだ。だからこそ、この写真を見たとき、蒲田は自分が撮ったものだと錯覚したのだ。

「『U』は、あなたの後ろにいたのよ。蒲田くん」

蒲田はその時のことを思い出してみた。松林の中から望遠で撮れば、同じアングルになっただろうか。

「どうなの? カメラマンはいつも隠れて写真を撮るの?」

「そんなことないです。むしろ社交的というか、自分のカメラや、レンズとか、露光とかの話をするのは好きだし……そもそも隠し撮りみたいな真似《まね》をする人は、アマチュアカメラマンには少ないと思いますけど」

「そうよね? 私もそう思うわ」

「え。どういうことですか? 先生は何を考えているんです?」

縁は微笑む。我が意を得たりという顔だ。

「カメラマンが被写体を、一方的に追っていたんじゃないかと考えたのよ。笑顔を撮るために追いかけていた。写真の背景が公園、幼稚園、運動会、地区のお祭り……こっちの写真はその場でも撮れる。集まりの中に入って行って、何枚も写せばいいんだから。でも、飯野さんや双子の写真は違う。通い慣れたスーパーで撮った老夫婦の写真、隠し撮りされたミサンガの家族も、不幸になった人たちの写真は……」

「ストーキングしていたと言いたいんですか」

ピンクのルージュがニヤリと笑う。

「え……なんで？」

「発想の始まりは飯野女史、そして双子よ。ずっと追いかけていなければ、偶然には撮れない写真だと思ったの。そしてもしもストーカー行為をしていたのなら、『U』というカメラマンが彼らをロックオンする切っ掛けはなに？　だからそれを調べたの」

縁はモニターの写真を閉じて、別のデータを呼び出した。

それはとある子供服メーカーのネットカタログで、ユーザーモデルの写真が載せられていた。カボチャのようなロンパースを着た小さい子供が、両親と一緒に映っている。

「あっ」

蒲田は声をあげた。

「ミサンガの家族です。この子、同じ服だ」

カタログ写真でも、家族は揃いのミサンガを着けていた。

「調べたら、彼らが巻いていたミサンガも、このメーカーのものだった。読者モデルのご褒美《ほうび》にもらったのかもしれないけれど」

「そうか……一般募集のモデルに応募していたんですね。え、まさかこれを見てストーキングが始まったとでもいうんですか」

「これはまだ、私個人の主観に過ぎないけど、『U』のアルバムにある写真は二種類。ひとつはカムフラージュ用の人物写真。多くの人が集まる場所で、ランダムに笑顔を写したものよ。ただし、家族の笑顔をね。もうひとつのほうは被写体の日常を追いかけて、人生最高の笑顔を写した写真。被写体がどこに住む誰なのか、わかっていて写したものよ。それとも、たぶん」

縁は少し考えてから、

「どこの誰なのか……調べてわかった被写体だけがロックオンされたのかも」

独り言のように呟いた。

「なんのためにです？」

眉をひそめて真壁が訊くと、魅力的な笑顔を返す。

「飯野女史のご主人がいた書店が炎上したことがあったでしょ？　あれって、彼女たちのウエディングシーンが新聞に掲載された後だったんじゃないかしら」

「言われてみれば、そうかもな」

と、真壁は言った。

「新聞のぶち抜きですからね。目立ってはいたはずですが」

「ぼくも覚えてますけど、いい写真でしたよ」

「式場に問い合わせるとかして飯野さんの素性を知ったのかもな。本気で調べる気になれば、ご主人が書店員だということもわかったかもしれない。やり方はいくらでもある」

ノンフィクション本を多く作っている真壁らしい意見だと思う。

「そう。声高に個人情報の秘匿が推奨されても、情報はそこかしこに溢れている。まして公に何かを発信してしまった場合は実生活が筒抜けになっているわけだから」

「え、え？　じゃあ、書店のほうも見張られていたってことですか」

「「かもしれないわね。わからないけど」

　縁が言った。

「……ミサンガの家族も名前が出てるな。ほら、ここに」

　真壁が写真の下部を指す。カタログには、モデルになった家族の名前だけでなく、彼らを紹介する短い文章も掲載されていた。

「紹介文にはこう書かれているわ。休みの日にはいつもこのメーカーの子供服を着て、大井ふ頭中央海浜公園でピクニックをしていると」

　自分が三人にカメラを向けたとき、背後から同じように彼らを写していた人物がいる。

三日月形の砂浜の、背後にあったのは防風林で、『U』はそこから彼らにフォーカスしていた。黒いシルエットが脳裏を過ぎる。どうして、なぜ、なんのために?

「ミサンガの家族が素敵だったから、飯野が美人だったから、写真に撮りたくなるというのは、気持ちとしてはわかります。でも、それと事故や自殺とは、どうつながってくるんですか」

蒲田は縁に訊いてみた。

被写体を追う行為が偏執的だったとしても、双子の溺死や、スーパーの駐車場で起きた操作ミスとは関係がない。防ぐことも、誘発することも不可能だからだ。

瞳に物騒な光を宿して縁は笑い、またもや別の写真を呼び出した。

「残念だけど、私は蒲田くんみたいにピュアじゃないのよ。どす黒い欲望に詳しいの。世の中にはね、普通の人が思いもしない理由から、他人の不幸を望む人間がいるのよ。快楽のためにそれを求める人間、ねじれて生まれた人間がね」

その声は、縁が演じる響鬼文佳の声とは少し違って蒲田には聞こえた。蒲田は縁の表情を探ったが、彼女はすぐさま文佳に戻り、長い指でキーを打って、別のデータを呼び出した。新聞記事のようだが、駐車場から車ごと転落して亡くなった老人と、その奥さんが載っていた。

「なんですか?」

と真壁が訊く。

二人がいるのは生活感のある部屋で、寄り添って微笑む写真は画質が粗い。

「新聞記事ですね」

「そう。これは五年前の秋、保護司をしていたご主人に瑞宝章《ずいほうしょう》の叙勲《じょくん》が決まったという記事よ。名前や年齢の他にも、今の楽しみは妻とスーパーへ買い出しに行くことだと書かれている」

「……作家先生の頭の中って、どういうことになってるんですか」

蒲田はついに言ってしまった。気分を害するかと思ったが、縁はパソコンの電源を落とし、立ち上がってこう言った。

「私の考えはこうよ。飯野さんのご主人は自殺していない。ミサンガの家族の父親も、不慮の事故で死んだのではない。老夫婦の事故は操作ミスではない。双子の溺死も、すべては悪意による殺人だったと疑っている。犯人は『U』、幸福な家族から、幸福を奪うのが目的なのよ」

蒲田は目をパチクリさせて、言葉を探した。あまりにも短絡的、あまりにも荒唐無稽《こうとうむけい》、そして無責任な物言いではないか。ところが真壁は小さく唸《うな》り、

「面白いですね」

と頷いた。

「いや、事実はどうでも発想としては面白いです。幸福を奪う。笑顔を奪う。そうだ。『スマイル・ハンター』なんてタイトルはどうですか、先生、売れますよ、この本は」

「なーんだ……プロットの話だったんですか？　ぼくはてっきり」

「いいえ、私は大真面目なの」

縁がそう言ったので、真壁と蒲田は顔を見合わせた。爺さんになったりマダムになったり、そんな縁に大真面目と言われても、はいそうですかとは頷けない。

豪華な巻き髪をふわりと揺らして彼女は続ける。

「残念ながら私にはわかる、『U』の歪んだ欲望がわかるのよ。幸福な家族を目にしたら、その幸福を奪いたくなる。なぜって、それが『U』の幸福だからよ。飯野さんのご主人がいた書店のSNSを炎上させたのも、名指しで叩いたのもそいつの仕業よ。けれど二人は意志が強くて、家庭が崩壊しなかったから、ご主人を手に掛けたんだわ。もしくは、最初から手に掛けるつもりだったのか……」

「まさか本気で言ってませんよね」

さすがに真壁が訊くと、

「本気でなきゃ、こんなこと言うわけないでしょ」

縁はスパッと答えた。

「警察という組織はね、傍《はた》で見るよりずっと『公務員』よ。事件が起きなきゃ活動しないし、起きている事件だけですでに手一杯という側面もあるけれど、このケースのような場合は相手にしない。飯野さんが訴え出ても、捜査しなかったのは当たり前だわ」

「連続殺人だって言いたいんですか？　だって、この人たちの場合は、明らかに運転の操作ミスじゃないですか。よくありますよね、お年寄りがアクセルとブレーキを踏み間違える事故」

「だからこそよ。そう思わせられたのかもしれないでしょう？　車は大破し、運転手は死亡。奥さんの目の前で起きたからこそ、誰も事故だと疑わない」

「車が急発進するような仕掛けがしてあったとでも言うんですか」

「調べたら、ブレーキを踏むと加速する仕掛けは可能だったわ。今の車はコンピュータ制御だし、オートマチック車はエンストしないから」

「スーパーの駐車場で車をいじったってことですか」

「今は仮説を話しているのであって、事実関係は調べてみるほかないでしょうね。調べてみるつもりだけれど」

「本を書くのにそこまで必要ないでしょう」

縁は真壁をジッと見つめた。

「いいえ、やるわ。もしも仮説が正しかったら、どうなると思うの？」

「どうなるって……どうなりますか？」

真壁は及び腰である。それで蒲田が代わりに答えた。

「まだ犠牲者が出るってことですか？　もしも先生の言うとおり、事故に見せかけた殺人ならば……ていうか、あくまで仮説ですよね」

「もし、犯人がいるのなら――」

縁は腕を組み、片肘を支えて、片手を顎のあたりに置いた。

「――少なくとも飯野さんが救われる。恨む相手がご主人ではなくなるからよ」

「飯野がそれを望んでいるか、わからないじゃないですか。もう忘れてしまいたいのかも……」

「そこは本人に訊きましょう」

言って縁はニッコリ笑う。

蒲田は心配になってきた。この先生はホンモノの変態なのかもしれない。思いつきで相手を振り回す。ただでさえ傷ついている飯野を、これ以上振り回して欲しくない。

「やめてください。飯野はようやく立ち直ろうとしているんですから」

縁は胡乱《うろん》に首を傾げ、射るような眼差しを蒲田に向けた。

「それは蒲田くんの願望でしょう。それとも飯野さんの意思？」

心臓に氷を突き刺すような声だった。

「人間は動物だから、生きることが本能よ。でも彼女はそれを失った。瀕死《ひんし》の動物を生かすには、生きるべき理由を与えるしかない。心のリハビリには時間がかかるの」

そしてプイッと目を逸《そ》らす。蒲田の視線から逃れるような仕草であった。

「調べてどうするつもりです？　いえね、先生の考えは面白いと思いますし、この際、事実がどうかは置いておくとしても、ちょっと危険じゃないですか？　もし、もしもですよ？『U』なる人物が犯人だったとして、俺たちにはどうもできないでしょう」

「だからあなたがいるんじゃないの、真壁さん」

「俺ですか？」

「あなたは警察関係のノンフィクション本を随分作っているわよね？　警察に知り合いもできたでしょ？　捜査一課にも、所轄《しょかつ》のそういうセクションにも。読んだわよ？　あなたの本。刑事は基本的に一匹オオカミで、同僚の手柄をやっかむし、自分で摑んだ情報は決して他人に流さないって。そういう習性があるのなら、連続殺人犯の話は聞いてくれると思うけど」

「刑事にリークするってことですか」

「そうよ。犯人を見つけて、あなたに刑事を紹介してもらう」

縁は輝くような笑顔を作った。

「だって私は、そこからあとに興味がないもの。犯人逮捕は警察の仕事でしょ？」

これもまた響鬼文佳の台詞《セリフ》だったと思う。縁は真壁の腕を人差し指で軽くなぞった。

「調査に協力してくれたなら、『スマイル・ハンター』は黄金社で書くわ。それに……」

わずかに足を引きずりながら、真壁と蒲田の正面に立つ。

「私が作家になったのは、こういう話を書くためだから」

「こういう話？　ノンフィクションってことですか」

「そうだけど違う。私はね、人を手に掛けてもなんとも思わない、サイコパスな犯罪者に興味があるのよ……さあ」

パチンと手を打って、縁は勝手に話を切り上げた。

「庵堂に叱《しか》られてしまうから、お茶にしましょう」

反論を許さず二人をホームエレベーターに押し込むと、縁は照明をオフにする。

扉が閉まる寸前に、窓のない空間は漆黒《しっこく》の闇に包まれた。真っ白で、コロコロと情景を変え、明かりを消せば真っ暗になる。この部屋はまるで縁そのものだ。蒲田はそんなふうに感じていた。


ミステリー作家雨宮縁の事務所を訪ねて以降、真壁からの連絡がパタリと途絶えた。それは縁が『今昔捕り物長屋』の第一稿を書き上げたためで、真壁は原稿の読み込みと改稿指示で忙しいのだ。編集者は何人もの作家を抱えているが、真壁によると、コンスタントに書き続けることのできる作家は希有《けう》なのだという。それもあって、書ける作家の編集作業には熱が入るということらしい。装丁のために読むゲラが蒲田に回ってくるのはまだ先だが、縁本人を知った今では、ありきたりのデザインでいいのだろうかという気持ちになる。あれから縁が気になりすぎて、仕事がなかなか捗《はかど》らない。サーチしても無駄と知りながら調べてみたが、思った通り、書籍やデビューの経緯など、ネットにはうわべだけの情報しか載っていなかった。

それでもしつこく検索すると、奇妙な記事をひとつ拾った。

有名人の指紋を集めるのが趣味で、サイン本を買っては簡易指紋採取キットで指紋をコレクションしている人物のブログである。

【雨宮縁先生はラテックス手袋でサインを書いている疑惑】

――こんにちは、ガチな指紋コレクターです。

今日はサイン本から有名人の指紋を集めるぼくが、初めて敗北した話です。指紋を採《と》らせてくれない相手はこちら――

キラキラしたアイコンで、ミステリー作家雨宮縁の名前が飾られている。

――作家さんって、新刊を出す時にはキャンペーン？　でサイン本を作りますよね？　サイン本にはビニールフィルムが掛かっているので、書籍本体についた指紋の主は限られるというのがぼくの持論です。では、どんな人の指紋が残っているかというと、印刷所の人、フィルムを掛けた書店の人、あとは作家さん、場合によって編集者とかがサイン本の補助をすることもあるようですが……いずれにしても、そんなにたくさんの人の指紋がついているわけではありません。では、複数の指紋のなかから作家本人の指紋をどうやって特定するかというと、キラーン！　それはズバリ指紋の位置です。って、当たり前ですね。

本にサインを書くとき、どこをどう押さえるか。自分でやってみれば一目瞭然《いちもくりようぜん》。その場所に残された指紋こそ、作家本人の指紋だということになります——

世の中には色々な人がいると知ってはいたが、こんな趣味を持つ人物がいるとは驚きだった。蒲田は前のめりになって記事を読む。

——ぼくはこの方法で、敬愛する作家先生の指紋をたくさんコレクションしてきたのですが（初めはグラビアアイドルのサイン本だったことは内緒です）こんなぼくが未だに親指の指紋ひとつ採取できない人がいるのです。それが雨宮縁先生。

なぜ？　どうして？　この先生のサイン本には本を押さえた跡がない。なのにサインは書かれている。つまりサインするとき手袋をしているというのがぼくの推理です。

雨宮縁先生は素性を明かさないことで有名ですが、指紋すら残さないということは、もしや、かな〜り、やばい出自の先生なのかもしれませんw——

冗談交じりに結ばれた文面を、考えながら蒲田は読んだ。

そしてますますわからなくなる。雨宮縁は何者なのか。

「やめたやめた」

呟いて蒲田はブログを閉じた。

くだらないことに費《つい》やす時間は、なぜこうも早く経過するのだろう。仕事しなきゃと専用ソフトを立ち上げていると、スマホが鳴った。

飯野からメッセージが入っていた。

――退院したよ――

蒲田はすぐに返信した。

――おめでとう。それで、やっぱりマンションに帰ったの？――

既読が付いてしばらくしてから、飯野の言葉が文字になる。

――そう。でも、心配しないでいいからね。二度と馬鹿な真似はしないから――

それを信じられればどんなにいいかと考えていると、ややあってから飯野は言った。

――蒲田くん、いま大丈夫？　電話してもいい？――

オッケーと送った途端《とたん》に電話が鳴った。

「蒲田です」

「飯野です。突然ごめんね。でも、心配してもらっちゃったから、蒲田くんには伝えておこうと思って」

「うん。なに？」

「先《ま》ずはマンションの部屋のこと。片付けてくれてありがとう。管理人さんに聞いたけど、階段でゴミを下ろしてくれたんだってね。住んでる人たちに気兼ねして」

「別に大したことじゃないよ。上りはエレベーターを使ったし」

「すっかり片付いていて、なんか、長いこと悪夢を見ていたような気分になったよ。お母さんがついてきたから、あんな部屋を見られなくて本当によかった。真壁さんにも感謝している。そう言っておいてもらえないかな」

「言ってはおくけど、できれば自分でメールしてあげて。あの人、あれでナイーブだから」

飯野はクスクス笑ってから、

「あとさ。私、働き始めるよ。少しだけどお給料ももらえるし、だから、もう大丈夫だよ」

そう言った。

「え、マジ？ そんなすぐに仕事あったの？」

ヤバい仕事じゃないだろうなと心配しながら訊くと、

「どうせわかることだから言っちゃうけど、雨宮先生の手伝いをするのよ」

蒲田は言葉を失った。

「半分在宅のようなものだし、自分のペースでやっていいって」

「……手伝いって？　校閲《こうえつ》とかそういうの？」

「調査よ。先生の代わりに取材をするの」

蒲田は思わず背筋を伸ばし、仕事のデスクから腰を浮かした。

「やめろよ。危険だから」

「やっぱりね。そう言うと思った」

「調査って、あの調査だろ？　新しい本の取材とか言われて、危ない調査をさせられるんだろ」

「蒲田くん……」

飯野の声の感じから、彼女の決意は変わらないのだと蒲田は思う。縁は彼女に話したのだ。夫の死が自殺ではないかもしれないと。絶対にそうだ。変人め。

「何を調べろって言われた？　ちゃんと説明を聞いたのか？」

「聞いたよ。それに蒲田くんが心配するようなことは何もないよ」

「じゃあ、何を調べるの」

「ほとんどネットでサーチできることだよ。写真投稿サイトの画像から細かい情報を探してね、同じ地域で起こった事件や事故や、あと、痕跡をサーチする」

「現場に行ったり、聞き込みしたり？」

「それは先生から止められている。もしもどうしても行きたくなったら、庵堂さんか、先生が一緒に行くって」

「雨宮先生はいつも〆切りでキュウキュウしてるじゃないか。飯野と出歩く時間なんてないよ」

「調べてみなきゃ出かけたいかどうかもわからないし」

「なら、そういうときはぼくが行く。ぼくも一緒に調べるよ」

何かを考える暇もなく、蒲田はそう告げていた。飯野は笑う。

「だって蒲田くん。蒲田くんは信用してないんでしょ、先生の話。荒唐無稽な妄想だと思っていたんじゃないの」

「それはそうだけど」

「じゃあ、どうして私を心配してるのよ。犯人なんか最初からいないし、あれは作家先生の、ただのお遊びだと思うんでしょう」

それはそうだが、なぜだろう。蒲田は片手で頭を掻いた。

「飯野はどこまで話を聞いたの？　雨宮縁はなんて言ってた？」

「あの時は気がつけなくて悪かったって。誠二さんは自殺じゃないかもしれないって。雨宮先生は、私の話を信じてくれた初めての人だよ」

飯野の口調はハッキリしていた。同じ会社で働いていた頃の、意志の強そうな声だった。

「産婦人科の待合室で、私と誠二さんの写真を撮ってくれた人が『U』ってことよね？　私だけが『U』を見ているってことでしょう。なんとなくだけど、まだ覚えてる。その人は四十くらいの男性で、眼帯と、病院だから、マスクもしていたんだけれど」

他人の不幸を幸福と感じる人間がいるとして、それは雨宮縁本人のことではないのだろうか。考えていると、飯野は続けた。

「私、ただ先生の話を喜んでいるわけでもないし、闇雲に言葉にすがっているんでもないよ。蒲田くんにはわからないかもしれないけど、雨宮先生には、私と同じ疵《きず》があるんじゃないのかな」

「え」

「だから私のことがよくわかるんだよ。ケータリングサービス届けてくれたの、先生だよね」

「それも聞いたの？」

「ううん、聞かない。聞かないけどわかったの。あの先生、たぶん私とおんなじに、苦しい思いをしたことがあるんだと思う。だから『生きろ』って言ってくれたのよ。誠二さんの恨みを晴らすために生きろって」

その声と言葉の強さに、蒲田は圧倒されていた。

「もう大丈夫。私、嬉しいんだよ。誠二さんが私を捨てて独りで逃げたんじゃないってわかったし、それを信じてくれる人がいて、やるべきことも見つかったから」

「先生の話を信じるの」

「信じる。ていうか、誠二さんは自殺じゃないって、私が先に気がついたんだもの。でも、誰かに相談すること以外は思いつけなくて、自分で調べてみようとか、そういう発想は全然なかった。もし、あの時に、きちんと調べていたならば」

次の犠牲者を出さずにすんだと、飯野は言った。

そして唐突に話題をかえた。

「蒲田くんがくれた黄色いブーケ、緑の葉っぱがあったでしょう?」

彼女に渡したブーケに葉っぱが付いていたのかどうか、正直、蒲田は覚えていない。

「そうだったかな」

と、答えると、またも飯野は小さく笑った。

「調べたら、ハランっていう植物みたい。お花が萎《しお》れてしまったから、そろそろ捨てようと思って花瓶から抜いたら、葉っぱに根っ子が出ていたのよね。なんだか元気をもらってさ。それで蒲田くんにメールしたのよ。葉っぱは大切に水に挿して、もう少し根が出たら鉢に植えるわ。この子がいるから死んだりしない。雨宮先生にも言われたんだよね。過去は変えられないけど、未来はいつだって変えられるって。私、『U』を見つけてみせるよ。本当にスマイル・ハンターなのか、徹底的に調べてみるよ」

飯野が電話を切ったので、蒲田は堪らず真壁に掛けた。

ところが彼は編集作業が佳境に入っているらしく、電話に出ない。蒲田は部屋を飛び出した。最寄り駅から電車に乗って、黄金社がある神保町へ向かう間に、仕事の予定を確かめた。複数のデザインを抱えてはいるが、就業時間に縛られるわけではないので、飯野を、ひいては縁の手伝いをしようと思えばなんとでもなる。一日は二十四時間もあるのだから。

乗り換えの田町駅に着くときは、敢えて先頭車両に移動した。あの日ここで死んだ父親は、何者かに無念を抱えて逝ったのだろうか。

飯野の言葉が頭の中でリフレインする。

――もし、あの時に、きちんと調べていたならば、次の犠牲者を出さずにすんだ――

第五章　雨宮縁捜査班

大型スーパーの立体駐車場では、過去に起こった転落事故などどこ吹く風で、人々が平常通りに出入りしている。空きスペースに車を止めると、蒲田はカメラを手に運転席を出た。助手席から飯野も降りてくる。

あれから蒲田は真壁を訪ね、飯野が調査に駆り出されたと訴えた。真壁なら共感してくれると思っていたのに、彼の意見は思いも寄らぬものだった。飯野にやらせろというのである。

何を根拠にしているのかは知らないが、雨宮縁は信頼の置ける変人であるというのが真壁の意見のようだった。蒲田は縁を信用しないが、真壁のことは信用している。だから真壁に信用されている雨宮縁を信用してみようと思った。ただし、飯野に危険が及ばないよう、可能な限り彼女を手伝うことに決めたのだ。

二人は駐車場内を歩いて、老人が事故を起こした場所を探した。

「ニュースでは搬入口に落下したって書いていたから、北側から落ちたってことよねえ」

柵の隙間から外を覗いて飯野が呟く。

駐車場には車止めがついていて、通常ならばタイヤが乗り上げた衝撃を感じ、そこでブレーキを踏むはずだ。だが、縁によればブレーキを踏むと加速する仕掛けは可能だという。蒲田もネットで調べてみたが、整備不良か不具合か、ブレーキペダルを踏み込んだのに車が急加速したという事案は確かに拾えた。死亡した老人のことも調べてみた。叙勲を報じた新聞によると年齢は七十九歳で、反応の早い若者ならともかく、予測と違う動きをする車にパニックを起こし、闇雲にブレーキを踏み続けたとしてもおかしくはない。

「調べてみたら、立体駐車場は階層の高さが2メートル90センチ強なんだって。ニュースでは約9メートル下に転落したとあったから、落ちたのは四階からだと思うのよね」

メモを見ながら飯野が言った。紫色だった顔も随分治り、今ではわずかなうっ血が、そばかすのように見えている。ボサボサだった髪を切り、化粧気はないが薄くルージュをひいて、着るものにも気を遣えるようになってきたようだ。この日は涼しげな白のブラウスに、若草色のスラックスを穿《は》いていた。

「それじゃ、ともかく四階へ行ってみようか」

四階駐車場は北側のフェンスが一部新しくなっていた。事故のあと修理したからだ。駐車スペースは満杯で、フェンスの前にも利用者の車が止まっていたが、腰を下ろしてよく見ると、車止めの片方にタイヤが乗り上げた痕跡があった。フェンスの高さは胸のあたりまでであり、かなり伸び上がっても下は見えない。

「ここで間違いないみたいだな」

蒲田は言って、写真を撮った。画像を縁に送るためである。

飯野は近くに立っていたが、

「見て、蒲田くん。あそこに防犯カメラがあるわ」

撮影が終わるのを待ってそう言った。彼女が視線で指す先に、旧式の防犯カメラが付いている。レンズの向きから、フロアを大まかに俯瞰《ふかん》しているようだ。

「事故の瞬間も撮影されていたのかしら」

「たぶんそうかも」

「じゃあ、車に細工した人がいるなら、その姿が映り込んでいたってことよね」

「そうだな。でも、それは警察が調べたんじゃ」

「訊いてみようか。駐車場の管理人さんに」

女刑事のような表情になっている。

「調べたとしてもブレーキとアクセルの踏み間違いだと思っていたなら、事故の瞬間だけを見て、ご夫婦の買い物中、車に近づいた人は気にしてないかもしれないでしょう?」

「たしかに……」

でも、どう訊くんだと言う前に、飯野はエレベーターへ向かって走っていた。追いかけて行くと、「私が訊くから」と彼女は言う。

「蒲田くんは黙っていてね。すぐ顔に出ちゃうから」

つま先立ちになって踵《かかと》を上げて、下ろして上げる、を二度繰り返し、扉が開くと咳払《せきばら》いして、飯野は駐車場一階にある管理人室へ向かった。このパーキングはチケット方式で、運転手が自分で操作する。だからトラブルがない限り暇《ひま》なのか、チケット受け渡し場所の脇にある管理人室で、管理人はモニターを眺めていた。

「すみません」

飯野がコツコツとガラスを叩くと、管理人は通風口程度しかない窓を開けた。前屈《まえかが》みになって飯野が訊《たず》ねる。

「四年前にここで起こった、アクセルとブレーキの踏み間違い事故について調べています。少しお話を聞かせていただけませんか？」

愛くるしい顔でニッコリ笑うと、管理人は眉をひそめながらも、

「事故？」

と、窓をもう少し開けた。

「高齢男性の車が立体駐車場から転落してしまった事故です」

「あー……」

彼は曖昧《あいまい》に頷きながら、

「あんた誰？」

と、飯野に訊いた。飯野はチャーミングに微笑みながら、メモ帳とペンを取り出した。

「飯野と言います。高齢者ドライバーの事故が増えているので、過去に起こった事故の調査をしているんですけど……」

車が一台入って来たので、顔を上げて早口で言う。

「ああ、ごめんなさい。お仕事の邪魔をする気はなくて」

すると管理人はこう言った。

「いいって。別にすることはない。でも、悪いけど俺はまだここへ来て一年で、だから事故のことはよく知らないんだよ」

「そうですか」

心の底からガッカリしたというふうに、飯野は肩を落としてみせる。

管理人はさらに言った。

「何を訊きたいのか知らないけども、裏へ回ってみてごらん。喫煙所があるから、そこへ行って訊くといい。俺より長い爺さんたちがいるはずだから」

「ありがとうございます！」

飯野はペコリと頭を下げた。

「行こう、蒲田くん。裏だって」

ゴミの山に埋もれて瀕死の状態だったことなど嘘《うそ》のように、飯野は外へ飛び出して行った。

立体駐車場と、隣接するビルの間に日の当たらないデッドスペースがあり、地面に灰皿代わりの一斗缶《とかん》を置いて、二人の爺さんが煙草《たばこ》を吸っていた。一人は六十代くらい。もう一人は七十を超えているように見える。最近では煙草を吸う光景自体が珍しいので、二人の手元から細長く白い煙が立ち上るさまを目にすると、蒲田は写真を撮りたくなった。ビルの隙間の喫煙所なんて、被写体として素晴らしい。

小柄な飯野と、カメラを手にした蒲田に気付くと、老人たちは訝《いぶか》しそうにこちらを向いて二人を見つめた。

「こんにちはーっ」

かつて営業をしていただけあって、飯野はまったく物怖《ものお》じしない。スタスタと老人たちに近づいていくと、さっきと同じことをもう一度訊いた。自分の身元に関しては、「飯野という者ですけれど」と、あっさり名乗っただけだった。

「四年前の事故？」

六十がらみのほうがオウム返しに呟くと、

「あー……あれだよ、ほら、裏の搬入口へ落っこちて、ご主人のほうが亡くなった……」

年上のほうがそう言った。

「ご存じですか？」

「知ってるよ」

と、老人たちは頷く。

飯野に黙っていろと言われてしまったので、蒲田はただの聞き役に回った。

「ブレーキとアクセルの踏み間違えだと聞きましたけど」

「けっこう歳がいってたからね。ま、俺も人の事は言えないが、歳を取るとさ、自分で思っている以上に動作がトロくなってるんだよ」

「そういうのを自分じゃ気づけないもんなんだ。まあ、そこが年寄りってとこだわな」

六十がらみがそう言うと、

「おまえもすぐだよ」

と、年上が笑う。

「まだまだ若い気でいるかもしらんが、お姉さんから見たら、どっちも同じ年寄りだ」

「いえ、お二人ともお若いです」

おべんちゃらを交えつつ、飯野は核心に斬り込んでいく。

「事故の時はお二人ともここに？」

「いたよ。俺も、徳《とく》さんもいたよなあ」

　年上のほうがもう一人に訊く。徳さんと呼ばれた方が頷いた。

「いた。あん時は大騒ぎだったよ。車はガソリン積んでいるからな。消防車と救急車と警察と、色々飛んできて大変だった。中の人を出すのも一苦労だった」

「あれだよ、ほら、レスキューとかいうのが来てさ、ドアを切って出したんだよな」

「そうそう。運転席が潰れてさ、見ただけでもうダメだと思ったね。奥さんも貧血起こしてよぅ、先に救急車で運ばれたんじゃなかったっけ」

「そうだった、そうだった」

　運転席が潰れていたと徳さんは言う。

「車は前から落ちたんですか？」

　蒲田は思わず訊いてしまった。

「そうだよ。ここは前向き駐車だからさ、止めた場所の向かい側に突進して、フェンスを破って前からね。あれだよな、向かい側にも車が止まっていたら、落ちずに済んだかも……いや……二台まとめて落ちたかなあ……警察から聞いた話だと、買い物の荷物が多いから、奥さんをエレベーター前に待たせてさ、車を動かそうとしていたらしいよ。不幸中の幸いというか、だから奥さんは助かったんだよ」

　そんな勢いで飛び出したとは。改めて想像すると、背筋が寒くなる。

「警察が入って捜査したってことですか」

「捜査というか、事故だからねえ。一応、防犯カメラは見てったけども」

「見ていったんですか？　そういうのって、どのくらい前から調べるんでしょうね」

「どのくらいって、そりゃ……」

「車が落ちたところだろ」

　と、徳さんが言い、

「いやいや。その日の分は全部持ってってたじゃねえか、そうだったよな」

　と、もう一人が言った。喋りながら別の煙草に火を点《つ》けて、深く吸い込み、煙を吐いて、当時を思い出すように宙を見た。

「でもさ、あれはあれなんだと俺は思うよ。いつもの車じゃなかったから、勝手が違ったんじゃねえのかなぁ。俺もそうだけど、年寄りはなかなかね、頭と身体が追っつかねえんだよ」

「いつもの車と違う？　それはどういうことですか」

　飯野が興奮した声を出す。徳さんと呼ばれた方が、吸い殻をもみ消しながら教えてくれた。

「あの夫婦はお得意さんでさ、そうさな……週に二、三回は買い物に来てくれてたかなあ。仲がよくてね。奥さんのほうが、少し足が悪かったのかな、だからゆっくり買い物するんだよ。俺らもさ、あの人が来たとか、この人は久しぶりだとか、毎度見てると覚えちゃってね」

「そうそう。月水金には必ず来てた。シルバー割引の日だからね。六十五歳以上は五パーセント安くなるからな。それで大体四階の、同じあたりに止めていた。面白いもんで人間の習性というか、常連さんは大体ね、車を止める場所が決まってるんだよ」

「あの日は違う車で来てたから、おや？　と思って徳さんと、なあ？」

「そうそう。どうしたんだろうって話したよな」

「どうして違う車だったんでしょう」

「知らないよ。車検で代車に乗ってきたのか、それとも買い換えたのか」

「や、買い換えはないよ。古いタイプだったじゃないか」

「うん。だからやっぱり代車かな、普段は軽に乗ってんだけどね、あの日は普通車だったよな」

「そうそう。感覚が違うからチケットを取れなくて、俺が取ってやったんだ」

「古いマニュアル車とかですか」

またも我慢できずに蒲田が訊くと、二人は笑った。

「いやいや、古いと言ってもそんなじゃないよ。オートマだったよ、ＡＴ車で……」

車種を言う。誰もが知るメーカーの車であった。

「訊いた？　蒲田くん。私、鳥肌が立っちゃった」

聞き込みを終えて車に戻ると、シートベルトを締めながら飯野が言った。

「私たちが甘かったんだね。その場で車に細工するなんて方法じゃなくて、予《あらかじ》め細工した車を二人に貸していたのかも。それじゃ防犯カメラの映像を調べても、何もわかるわけないよ」

「ていうか……ぼくはちょっと混乱して、気持ちが悪くなってきた」

蒲田は正直な気持ちを告げた。

「どうして混乱？　大丈夫？」

「飯野には悪いけど、雨宮先生が言うようなことが実際に、ていうか、ぼくの身近で起こりうるとは思えなくってさ。ミステリードラマじゃあるまいしって、ずっとそう思っていたんだけど、あんな話を聞いちゃうと、核心に近づいて行く感じがして怖いというか」

「うん」

と、飯野は苦笑した。

「そうだよね。蒲田くんの気持ち、よくわかる。私だって思ったもん。誠二さんが名指しで誹謗中傷《ひぼうちゅうしょう》されたとき、警察から電話がきたときも、こんなことが自分に起きるなんて信じられないって思ったもん」

でも起きちゃった。と、飯野は言った。覚悟を決めろと、蒲田に迫るような声だった。

そんな飯野を蒲田は見つめ、それから目を逸らして頭を掻いた。

「うん……そうだよな。うん、ごめん」

「謝らなくっていいよ。蒲田くんのせいじゃないし」

「いや……うん」

蒲田は大きく息を吸う。そのとたんバックミラーの自分と目が合って、覚悟を決めなければと考えた。とにかく徹底的に調べてみよう。調べて何もなかったら、飯野が納得できるだろう。けれど、もしも縁の推測どおりだったなら……自分たちは、とてつもなく大きな何かを拾ってしまうのではないか。蒲田は息を吐き、咳払いした。

「ちょっと整理してみよう。ここで起きた事故が故意によるものだったなら」

「うん」

「敵は周到に準備を進めていたってことになるよね。ブレーキを踏むと急発進する車を用意して、ご夫婦が乗るように仕向けたんだから」

「二人がここを利用するのを知っていて、奥さんをエレベーター前に待たせるのも知っていて、転落すると助からないと知っていたのかも」

「死なないまでも大けがをさせて不幸にするとか」

「そう考えるとゾッとしちゃうね。でも、ブレーキを踏むと急加速するようにできるんでしょ？　なら、やっぱり殺すつもりだったのよ」

「そういう事例はネットでも拾えた。でも、ブレーキなんていつでも踏むだろ？　ここへ来るまでだって」

「必ずしもここで事故が起きなくてもよかったのかも。交差点とか、道路とか、事故はどこで起きてもよかったのかもしれない」

「そうだな……でも、ブレーキ踏んだら加速するって……そんなこと考えたら、恐ろしくて車の運転できないよ」

「そうよね」

飯野は何事か考えていたが、やがて顔を上げてこう言った。

「ご夫婦がその日初めて代車に乗ったとすれば？　ある程度は事故が起きるタイミングをコントロールできたのかもしれないわ。例えばブレーキの不具合は、だいたい何キロ走ったあたりで出るとか、ご夫婦の日常を調べて、買い物に出る前日に車を交換、ここへ来るまでの距離を計算、古いタイプのオートマ車はフットブレーキを踏んでいないと車が動いてしまうから、エンジンを掛けるときはフットブレーキを踏むでしょう？」

「そうか。ブレーキを踏んでいるのにエンジンを掛けて車が動いたら、わけがわからなくてパニックを起こすよな。ぼくだって起こすよ」

「そしてますます強くブレーキを踏む」

二人は顔を見合わせ、そして同時にフェンスを見た。

その奥へ、車はダイブしていったのだ。

「『U』は車関係の仕事をしてるのかしら？　知識がなければ車に細工できないでしょう」

「必ずしもそうとは言えないよ。例えば、学校で自動車整備を学んだけど、違う職業に就《つ》いているとか……今はネットでなんでも検索できるから、自宅に設備を持っていれば素人でも車をいじれるかも。そもそも安全性を問われるから技術が必要なのであって、運転手がどうなってもいいなら、勝手に細工してしまえるんじゃないの」

「でも、この犯人はもっと周到だと思う。雨宮先生もそう言っていたし」

「うーん……」

と蒲田は唸ってしまった。

「クソ、歯痒《はがゆ》いな。被害者に直接聞ければいいんだけどなあ」

「そうよね。奥さんに会って、どういう経緯で車を代えたか話を訊けたらいいんだけれど、悲しい思い出を掘り返すのもかわいそうだし、私たちは警察でもないし……」

飯野は助手席に身体を預けてため息を吐《つ》いた。

「悔《くや》しいなあ……私、一度は『U』に会っているのに……」

蒲田もそうかもしれないが、松林で見かけただけなので、会っているとは言い難い。

「そうだよな？　なら、病院で訊くのはどうだろう。彼は眼科に通っていたわけだから」

「雨宮先生に言われちゃったよ」

唇をキュッと結んで、飯野は蒲田の顔を見た。

「もしもあのカメラマンが『U』で、スマイル・ハンターだったなら、絶対に患者じゃないって」

「え。どうして」

彼女は薄く目を閉じて、自分を落ち着かせるようにため息を吐き、それから前を見て言った。

「その人はずっと私たちを監視していて、あの時も病院で張り込んでいたんだろうって先生が。言われてみれば、思い当たることがたくさんあるのよ。誠二さんの書店のホームページが荒らされたのは、結婚式の写真が新聞広告に使われてからだし。妊娠を知ったのもその頃だけど、私たち、少し前から同じ病院へ通っていたのよね」

飯野は蒲田を振り返り、

「不妊治療をしていたの」

苦笑いしながら言った。もう取り乱すことはなく、憑《つ》き物が落ちたようだった。

「私、そのカメラマンを眼科の患者さんだと思ったでしょ？　なんでそう思ったかというと、眼帯をしていたからで、でも先生は、眼帯は素顔を隠すためだって。マスクと眼帯。これで顔に関する情報のほとんどを隠せるって、そう言うの。あとは眉毛を変えてしまえば……」

「眉毛を変える？」

「抜いてもいいし、描いてもいいのよ。先生はその道のプロでしょう？　変装術は奥が深いって言ってたわ。だからそのカメラマンがマスクと眼帯をしていたことが、そもそも怪しいって」

「ていうか、あの先生、なんでそんなことまでわかるの」

「ミステリー作家だからじゃない？　私は東四郎のときの先生しか知らないんだけど、響鬼文佳もすごい出来映えだって真壁さんが」

「会ってみたけど異様だったよ？　リアルなアバターみたいでさ」

「毒を感じる先生だけど嫌いじゃないわ。毒はあるけど嘘はないみたいな感じがするし、きれい事は言ってくれないけど、真剣に向き合ってくれているのはわかるから」

「真壁さんもぞっこんだけど、ぼくは怖い感じがするけどなあ」

「蒲田くんはピュアだもんね」

それがいいのか悪いのか、車を発進させたとき、飯野のスマホがプルルと鳴った。

直後、蒲田は飯野を乗せて黄金社へ向かっていた。庵堂から飯野に電話があって、黄金社で打ち合わせをしたいと言ってきたのだ。

「受付に着いたら真壁さんを呼んでくれって」

「庵堂さんから電話が来たのに、真壁さんを呼ぶってておかしくないか？　しかも黄金社で打ち合わせって……」

首を傾げながら走り続けて、車はやがて黄金社に着いた。

建物は地下に駐車場を持っているのだが、それほど広いわけでもなく、ＶＩＰや作家先生が自家用車で来たときしか使えない。入口に警備員が立っていたので、蒲田は初めて、かつての社屋の地下駐車場に自分の車を乗り入れた。

「うわ……なんか緊張するな」

「ここって、基本的には作家先生の車しか止めないものね。私も初めて車で駐車場に入るかもしれない」

同じく緊張しながら飯野は言って、懐かしいなと呟いた。

「みんな元気かしら。ちゃんとメイクしてくればよかった」

「大丈夫、飯野はきれいだよ」

深い意味もなくそう言ってから、蒲田は勝手に赤面した。こんなキザな台詞《セリフ》を吐くキャラクターではなかったはずだ。どうかしている。

「いや、深い意味はないからね」

慌てて訂正したものの、さらに意味深な気がしてしまい、どうしていいかわからなくなる。飯野はただ笑っていた。

片隅に車を止めてロビーに向かい、真壁を呼んで欲しいと受付スタッフに告げる。それなりに出入りが激しい受付スタッフは、すでに蒲田や飯野がこの会社の正社員であったことを知らない。慇懃《いんぎん》な対応で真壁を呼ぶと、入館証を渡してくれながらこう言った。

「ただいま参りますので、そちらの席でお待ちください」

ロビーに置かれたソファに掛けて待つこと二分。真壁がエレベーターを降りてきた。

「よ。蒲田くん、お。飯野さんも」

今日は会社用の濃紺《のうこん》スーツ、薄く地模様の入ったシャツを着て、紅地《あかじ》に紫と黄色のラインが入ったネクタイをしている。来客然として立ち上がった二人を、真壁はエレベーターホールへ手招いた。

「飯野さん、体調はどう？」

「はい、もうすっかり元気です」

そんな飯野と真壁の二人が、蒲田には教師と教え子のように見える。自分も飯野と同年代だが、そのわりに真壁は自分に冷たい、ような気がする。飯野が女だから依怙贔屓《えこひいき》しているんだろうと考えていると、エレベーターの扉が開いた。

「真壁さん。ぼくらを交えて打ち合わせって、なんですか？　電話も庵堂さんからだったのに」

訊くと真壁は昇降ボタンを操作しながら、

「今さ、雨宮先生が来てるんだよね」

と言った。

「新作の打ち合わせってことで会議室を押さえてある。下手にひと目のある場所で話をするのもマズいから、場所を貸してもらえないかって。まあ、新作もうちで書いてもらうつもりなんで、そこはいいんだけど、なんだかなあ……先生、かなり本気みたいでさ」

蒲田と飯野は視線を交わした。

「真壁さん、そのことですけど」

真壁は突然振り向くと、

「ちょっと俺もさ、作家先生の妄想とは言えない感じになってきてさ」

止まったエレベーターを降りていった。

黄金社の会議室は最上階にあり、パーテーションで間仕切りを変えられる部屋が通路に向かい合わせで並んでいる。実際に会議をするほか、作家がサイン本を書いたり、販促グッズを作成したりと様々な目的に使われる、日頃は無人のフロアだ。

基本的に使用中でない部屋はドアを開け放しておくことになっているので、通路に立っただけで蒲田には雨宮のいる部屋がわかった。

「飯野さんと蒲田くんが来ましたよ」

真壁はドアをノックして、自分が先に室内に入った。会議用テーブルの片隅に大家東四郎が座っていて、紙皿に載せた駄菓子と麦茶のコップが置かれている。部屋にいるのは縁だけで、庵堂の姿はない。

「やあ」

と縁は片手を挙げて、両足の間に立てた杖にその手を下ろした。重ねた手の甲には血管とシミが浮き、天眼通のせいで表情が見えない。大家東四郎になっているということは、黄昏のマダム探偵の第一稿は上がったということなのか。驚異的な筆の速さだ。

「庵堂に電話させたら蒲田くんが一緒だとわかったのでね、ついでにこっちへ寄ってもらおうと思ったのだよ」

縁の脇は一面が窓で、差し込む光が縁の顔に当たっている。磁器のような響鬼文佳のものとは比べるべくもない老人の肌は無残に皺が刻まれて、束ねた白髪に地肌が透ける。縁に会うのは三度目だが、未《いま》だに蒲田は混乱する。

「まあ掛けたまえ。儂《わし》の会社ではないが」

蒲田と飯野が席に着くのを待って、

「麦茶でいいか？」

と真壁が訊いた。

「すみません。ホントなら私がお茶を出すところですけど、もう社員じゃないんで」

恐縮する飯野にニヤリと笑って、真壁は部屋を出ていった。

「ここならね、危ない話をしていても、小説のネタだと思われるだろ？　出版社だからね。面白がることはあっても本気にはしない、作戦会議に最適な場所だよ。それで、どうだったかね、大型スーパーは」

事故に遭った車は老夫婦が通常使っていた車と違っていたと飯野が話すと、縁は「ふむふむ」と頷いた。

「やはりそんなことだったか。庵堂も調べて、電子制御のほかアイドリングやラジエーターのエア抜き不足などでも自動空ぶかしや急加速は起きると言っておったよ」

「今日は、庵堂さんは？」

飯野が訊くと、

「図書館だ」

と、縁は答えた。

「調べ物をしておるのだよ。過去の新聞を閲覧してな」

話していると真壁が麦茶を持って戻った。それぞれの前にカップを置くと、自分も座って先に飲む。縁は真壁に向き合った。

「立体駐車場の転落事故だが、老夫婦はその日だけ、別の車に乗って来たそうだよ」

「本当ですか」

と、真壁は麦茶に噎《む》せた。

「なんですかそのリアクション」

「いやぁ……実はさ」

真壁は身を乗り出すと、テーブルの下からバインダーを引き出した。彼がいつも打ち合わせに使う品である。バインダーにはクリアファイルが挟んであって、中にコピー用紙が入っていた。十数枚の用紙には、みっちりと文字が打ち込んである。

「社外秘だから渡すことはできないが、ちょっと見てくれ」

蒲田の前に滑らせてきた。横から飯野が覗き込む。

「『U』がトル心に投稿を始めたのは五年前だろ？　だからとりあえず、都内で起きた四年分の変死事件を集めてみたんだ」

「集めてみたって……どうやって」

「だから社外秘」

懇意の刑事を動かしたのかもしれないが、真壁は決して出所を言わないだろう。とりあえず、打ち出された事件はとてつもない数である。

「この中から、先生と庵堂さんで、気になるものをピックアップしたんだよ」

「気になるかならないかは、どうやって決めたんですか」

飯野が訊く。

「投稿写真がどの場所で撮られたかを調べてな。写された家族は、概《おおむ》ね生活圏内に撮影場所があるという仮説を立てた」

「どうしてですか？　まあ……彼が私たちの写真を撮ったのも、かかりつけの病院でしたけど」

「『U』がスマイル・ハンターならば、狙った獲物をマークしているはずだからだよ。ハンターは獲物の習性を熟知する。罠《わな》を仕掛けるのに必要だからだ」

縁は杖に寄りかかるようにして前のめりになり、飯野と蒲田の瞳を交互に覗き込んできた。

「獲物を見初《みそ》めた切っ掛けは、ほんの些細なことだろう。新聞、カタログ、SNSやブログ、公園で見かけた、あるいは駅などですれ違いざま幸せそうな姿を見たのが始まりかもしれん。とにかく、ヤツはそうやって被写体に興味を持ち、そして彼らを見張り始める」

飯野の表情が険しくなった。飯野たちがターゲットにされた切っ掛けは、おそらく新聞に掲載されたウエディングシーンだ。そこから素性を調べられ、見張られていたということになる。

「トル心に掲載された被写体すべてが、同じ目に遭ったとは思えないがね、ターゲットであるのは確かだろう。その中から素性を知れた者、もしくは何かヤツなりの規則に合致した者が選ばれていく」

「ずっと見張られていたってことですか？　私も、誠二さんも」

「見張られていたのはご主人だろうね。書店が攻撃されたことからしても」

「なぜですか？」

蒲田が訊いた。

「普通に考えれば、男よりも非力な女性を狙う方が効率いい気がしますけど」

「それは蒲田くん。ヤツの思考が歪んでいるからさ」

縁は上目遣いに蒲田を見上げ、目の下をピクリと震わせた。

「あの素晴らしい笑顔を見たろう？　きみは言ったね？　自分にはとても真似できないと。その素晴らしいショットがヤツの矜持《きょうじ》だ。ヤツが狩るのは笑顔だからね。もし、きみが――」

縁は蒲田の鼻先で人差し指を上下させた。

「――考えてみたまえ。きみがヤツならどうするね？　殺人カメラマンが欲しいものはなんだ？　女を殺す快感か？」

「や……」

蒲田は考え込んでしまった。異常者の考えることなど、わかるはずもない。

代わりに真壁が拳を打った。閃いた顔をしているが、答えを言う前に、気遣うように飯野を見た。飯野もそれに気がついて、

「言ってください、真壁さん。私も知りたい」

勇敢な声で言う。それでも真壁は躊躇《ちゅうちょ》した。

「教えて。ずっと知りたかったんだから。なぜ誠二さんがあんな目に遭わされなきゃならなかったのか、どんなに残酷な事実でも、私はそのわけを知りたいです」

真壁は飯野から目を逸らし、縁に向けてこう言った。

「ヤツは先《ま》ず笑顔を撮って、そして被写体が不幸になったとき、同じようにカメラに収めようとしたんじゃないですか。つまり、今度は泣き顔を……それをコレクションしてるとか……」

飯野はもちろん、蒲田も声を失った。

縁が頷く。

「涙を流す被写体として絵になるのは誰か、それで相手を選ぶのだ。そういう類いの人間が考えることは単純だ。人の感情、罪悪感、常識を取っ払ってしまえば、ストレートに欲望が見えてくる。幸福な家族から奪いたいものはなんだ？　その結果、ヤツが手にする戦利品はなんだ？」

「そうかっ」

縁は真っ直ぐに飯野を見ると、

「真壁さんの言うとおり、悲しむ家族の写真だよ」

哀切こもる声で言い切った。

「……じゃ……飯野の写真も？」

「撮っていたはずだ。ご主人が亡くなった現場にヤツはいた。告別式にも来ていたはずだ。きみの写真を撮るために」

カップが転び、入っていた麦茶がテーブルにこぼれる。飯野は慌てて拭こうとしたが、両手が震えてできなかった。真壁がダスターを持って来て、蒲田がカップを片付ける。じっとそれを見ていた飯野は、絞り出すような声で呪った。

「……そんなことのために……そんな……」

飯野は真っ赤になっていた。愛くるしい顔に憎悪が燃える。

「知って楽になったかね？」

追い打ちを掛けるように縁が訊いた。

なんてやつだ。

蒲田は黄金社のドル箱作家に一瞬殺意を抱いたが、縁の顔に悪意はない。

「人の心はもともと善だと、儂は思っていないのだ。ほんのひと握りだとしても、愛と無縁の人間が……生まれつき心を持たない人間が実在する。残念だがね、いるのだよ」

「私は見張られているんですか？　今も？」

「いいや、それはないだろう。戦利品を手に入れたなら、ハンターは次の獲物を探すさ」

飯野は右手を左手で包み、唇を嚙んでこう言った。

「悔しい……私……悔しくて泣きそうです。そいつの思うツボだったって、ようやく今、理解しました。まんまと不幸になって、外にも出られず……人生を終わらせようとしていたなんて……悔しい……そんなの……悔しすぎます」

「そうだ。ときには怒りが必要なのだ。被った不幸を跳《は》ね返すためにね」

縁が飯野にそう言うと、彼女は訊いた。

「雨宮先生。先生はどうして『U』の気持ちがわかるの？　先生は、いったい……どういう……」

その言葉を遮って、縁はコピーを引き寄せた。

「話を戻そう。儂らが気になった不審死事件だ。選ばれた被写体が家族だからな、独居の人物は除外した。数多《あまた》ある被写体の中から、身元をたどれる人物をターゲットにした可能性は前にも言ったが、それを検証するのは容易ではない。だから別の角度から絞ってみた。被写体ではなく、事件から。一番のポイントは『事件ではない不審死』だ。自殺、ひき逃げ、行方不明、不慮の事故……殺人と結びつかないものを選んだ中に……」

縁はいくつかの案件を指先で突いた。

「庵堂が今、これらを調べているところだよ。被害者と被写体家族が一致するかを」

「実は俺も」

と、真壁が続く。

「トル心の写真をチェックしてみた。そうしたら、うちの近所の家族がいたんだ」

「え。誰ですか」

「祭りの写真がいくつかあったろ？　そのなかで阿波踊りを踊っていたのが、近所に住んでいた外国人家族だ。最近姿を見ないので聞き込んでみたら、不正ビザで収監されているとわかった。死んではいないが不幸にはなった。雨宮先生の考察に照らしても、外国人家族を特定するのは比較的容易《たやす》いと思うんだ。それと、もうひとつ」

真壁はバインダーから写真が並んだ紙を出した。

「トル心のページをプリントアウトしたものだ。万が一ページを消された場合、証拠を失うのでデータもコピーしておいた」

「ぼくもしておきました」

蒲田が言うと、縁が笑った。

「儂もだよ」

「これらの写真を編集部に回して、見てもらったんだ。そうしたら、やはりSNSの有名人や読者モデル、大学のミスコン受賞者が含まれていた。このカップル。撮影場所は宝飾店の前で、おそらく指輪を買ったんだ。女のほうがミスコンの受賞者で、キャンパスから飛び降りて死んでいる」

蒲田は頭がクラクラしたが、

「……許せない」

飯野の声で現実に引き戻された。

「でも証拠が何もない。証拠がなけりゃ、どうすることもできないですよ？　疑惑だけで捜査一課は動きませんしね」

真壁が縁に訴える。

「もちろんだ。だが殺人は幽霊や魔物ではなく、生きた人間がすることだ。シャッターを押せるんだから、痕跡は必ずあるよ。飯野女史も当人が写真を撮っているわけだし」

「あれも計画だったなんてゾッとする。そんな人間が、普通の人に交じっているなんて」

「あっ！」

蒲田は突然大声を上げた。とんでもないことを思い出したのだ。

「なんだよいきなり、ビックリするじゃないか」

叱る真壁を振り向いて、蒲田は言った。

「火葬場の残骨灰！　そうだ、斎場ですよ、真壁さん」

「はあ？」

「斎場、斎場ですよ。ミサンガの」

真壁は眉をひそめている。蒲田が何を言いたいか、まったくわからないという顔だ。

「さっき先生は言いましたよね？　不幸な家族の写真を戦利品にする。だから飯野のご主人の告別式にも来ていたはずだと」

そしてまた真壁を見た。

「取材に行ったとき、家族葬をしている部屋の前を通ったじゃないですか？　あの時、外から写真を撮ってる人がいました。覚えてませんか？」

「そうだったかな」

真壁は首を傾げている。

「いましたよ。親族のカメラ係だと思ったけど、考えてみれば、親族ならガラス越しに撮るんじゃなくて、斎場の中から撮ればいい。ほら、いたでしょう？　廊下のガラスの向こうに、駐車場からカメラを向けていた人が」

「あー……いたかなあ？」

ダメだこりゃ、と蒲田は思った。そしてその人物のことを思い出そうとしてみたが、喪服を着ていたことと、カメラを持っていたこと以外は記憶になかった。シルエットはどうだろう？　松林で見かけた人物と似ていたかどうかは……わからない。

「カメラ……そうだ、あのカメラ」

蒲田はスマホでトル心につなぎ、『U』のページを呼び出した。そこには撮影者が使っているカメラのデータがある。

「やっぱりだ！　ニコンのクールピクスＢ７００」

あの人物が構えていたのもニコンだった。このカメラの発売は三年前の秋。熊本《くまもと》地震があって発売日が二度も延期されたから、よく覚えている。

「真壁さん、もしかしてあれが『U』だったんじゃ……」

「カメラが同じだから怪しいというのか？　写真なんか、今やスマホで高画質が撮れるだろう」

「いいや」

と、縁が真壁を遮る。

「可能性は否《いな》めない。特に、熊本地震という不幸によって二度も発売を延期されたカメラというエピソードが素晴らしい。歪んだ心の人間が、歪んだ目的に利用しそうだ。もちろん悪いのはカメラではない。そして、そういう輩《やから》は容易に『道具』を変えたりしない」

「どういう意味ですか？」

縁は真壁を見て言った。

「スマホで写真を撮ったりはしないと言っているのだ。一連の行動は儀式なのだよ。手順を踏んでキチンとやるのさ。こだわりがある。一手間違えた場合に被るリスクを、奴《やつ》らはきちんと計算している」

「でも、それだけじゃ彼を追えないわ。斎場でカメラを持っていたというだけじゃ」

「ちょっと待てって。さすがに性急すぎないか？　駐車場でカメラを構えていたってだけで、『U』と結びつけるのはおかしいよ。たまたま外にいた親族かもしれないし、むしろそう考えるほうが普通だよ」

「でも、真壁さん。あの撮り方はプロでしたよ」

「なぜそう思うんだね？」

と、縁が訊いた。蒲田はその時のことを思い出していた。

「ガラス窓には普通、外の光が入り込みます。だから素人が撮影するのは難しい。家族葬をやっていた部屋は広めの廊下に面していたので、もしも引いた画角で撮りたいのなら、廊下から取ればよかったはずです」

「言われてみればそうだよな」

真壁は首を傾げている。

「もうひとつは写真の撮り方です。その人はガラス面にレンズを押し当てて、外光が入らないようにしていました。ガラス越しに写真を撮るにはいくつかコツがあるんですけど、カメラマンが黒い服を着るのもそのひとつです。ミサンガの家族を撮っていたのも、黒い服装の人でした」

「喪服は一石二鳥ってことか」

さっきまで文句を言っていたのに、真壁は身を乗り出してきた。

「笑顔と泣き顔、ヤツが狩るのがその両方だとするならば、窓越しでも、盗撮でも、ベストショットを撮るために、あらゆる工夫をしたんだろうなあ」

縁はしばし考えてから、こう言った。

「その人物を調べてみるというのはどうかね」

「どうやって調べるんですか？　お葬式は終わってしまったのに」

飯野が訊いた。縁なら魔法を使えるだろうと言うように、声に期待が籠もっている。

皺だらけの顔をニヤリと歪め、縁は身体ごと真壁に向いた。

「防犯カメラだよ。斎場には防犯カメラがあるはずだ。そこは民間運営の斎場だったね。ならば警備は管理会社に委託しているのではないかな、なあ真壁さん」

「え、俺ですか」

真壁は厭《いや》そうな顔をした。

「妙《みょう》な本ばかり作っている真壁さんの本領発揮だ。『防犯・シースルーにされた社会』という本を読んだよ。防犯カメラ業界は相当進んでいるんだってね」

「先生にはかなわないなあ……わかりましたよ」

真壁はスマホを取り出すと、黙って部屋を出て行った。

あっけにとられている蒲田と飯野に、縁は悪戯《いたずら》っぽい笑みを向ける。パーテーションの向こうから、誰かと話す真壁の声が聞こえてきた。

「黄金社の真壁です。どうも、その節は……」

その後お変わりありませんかとか、いやあ、なかなかとか、ひとしきり社交辞令を交わした後は、何を喋っているのか聞き取れなくなった。真壁が声を潜めたからだ。

やがて真壁はスーツのポケットにスマホをしまいながら戻って来て、縁に言った。

「ギリギリでしたけどね、なんとか……五月十一日に記録した斎場のデータは残っているそうです。気になる映像があれば別途ストックしているとかで、こっそり見る分にはかまわないということでした」

「え、誰に電話していたんですか」

蒲田が訊くと、真壁はまたも厭そうに、

「防犯カメラ映像をストックしている会社だよ」と答えた。

「本を作ったとき知り合いになった技術者だ。今はクラウドを通じて顧客がどこからでも画像データを確認できるだろ？　同じ方法で、設置許《もと》の映像の確認業務を委託できる会社があるんだよ。二十四時間、妙な動きをする人物をＡＩが抜き出して保存しておいて、要求された場合は設置許にデータを送るんだ。その後どうするか、もっとカメラを増やすとか、セキュリティ設備をつけるとか、警備会社と契約するとか、そういう部分はオプションになる。イマドキの商売のやり方さ」

「商売は鼻が利《き》く人物が勝つようになっておるのだよ」

満足そうに縁が笑う。

「つまり、その人物の動画が残っているってことですか？」

飯野のほうは、いても立ってもいられないらしい。

「そういうことだね。ただし、その人物が『U』かどうかは、見てみないとわからない」

やれやれと真壁はため息を吐いた。

「蒲田くん、今日は車だよね？」

幸か不幸か車で来ている。

「今からその会社へ行こう。特別にチェックさせてくれるということだから」

「ぼくですか？」

「蒲田くんが行かなきゃ、どいつがどうか、わからないだろ？　言い出しっぺじゃないか」

「私も行きます。『U』を見ているのは私だけですから」

「儂も行く」

縁までが立とうとしたので、真壁はまたもため息を吐いた。

「内緒でやるんですから大勢は困ります」

「あれじゃないですか？　映像をコピーしてもらってみんなで観たら」

「そんなことできるわけないだろ」

真壁が本気で怒り出しそうなのを見て、縁が取りなす。

「では、僕と飯野女史は外で待つことにするよ。それならいいだろう？」

「勝手にチョロチョロついてくるとかはナシですよ？」

「わかったわかった」

真壁は疑り深そうに縁を睨《にら》んでいたが、やがて肩を落としてこう言った。

「ならばすぐに出かけましょう。彼がいるうちでないと映像を確認できませんからね」

蒲田ら四名は急いで黄金社を後にした。


蒲田が真壁に連れられて来たのは、ゴミゴミと雑居ビルが建ち並ぶオフィス街の一角だった。近くのコインパーキングに車を止めると、縁と飯野は喫茶店を探し、蒲田と真壁はビル群の裏通りへ向かって歩き始めた。看板も出ていない、どのビルのどの部屋で、どんな会社が営業しているのかもわからない、そんな通りをズンズン進むと、真壁は、とあるビルで足を止めた。

「ここですか？　それにしても真壁さんは、変な方面に知り合いが多いですね」

「変な方面とか言うな……残さなきゃいけない本だから作っているんだ。そういう本は取材しなきゃ書けないし、色々な人物と知り合いになるのは当然だろ」

真壁は再び電話して、ビルに着いたことを知らせた。

裏口の古ぼけた表示板には、階数と社名が羅列《られつ》してある。真壁は指先で表示をなぞり、薄暗い通路をエレベーターへ向かった。

「そういう系の本って、どんな経緯で出すんですか？　編集会議で指示が出るとか」

「売れる見込みもないのに会議で指示なんかされないよ。大抵は自費出版部門に打診があって、変な本だと俺が呼ばれるんだよ」

「雨宮先生が言ってた本は自費出版ですか？　シースルーのなんとかっていう」

「いや。俺は自費出版には絡まない。持ち込まれた話の中から、これはうちの局で出してもいいかなっていう本を作るんだ……社会的に、これは出しておかなきゃいけないっていう本があるだろ？　出版社なんだから、採算は度外視しても残しておかなきゃならない本がさ」

言われてみれば、真壁が作る本はそういうものが多い気がする。ではどうやってそれを形にしていくかといえば、実際に動くのは主に編集部である。本には筆者がいるものだが、真壁が言うようなノンフィクション本の場合は、出版したい素人が、出版レベルの文章を書けることが稀《まれ》なのだ。内容も、文章も、構成も、読ませる域に達していなければ流通させることができないので、筆者の意図をくみ上げて編集部が文章に手を入れる。読みやすくなるよう手を加えたり、齟齬《そご》をなくしたり、ときには、ほぼすべてを編集が書くこともあるという。作業に途方もない苦労を伴うとしても、編集に給与外の収入は発生しない。そうした事情から、変な本の筆者はたいてい真壁に恩義を感じるのだという。電話の相手もその一人で、出版後は会社の顧客数が跳ね上がったらしい。

三人乗れば一杯というエレベーターで上階へ行くと、扉の前に作業着姿の男が待っていた。

「どうも、ご無沙汰《ぶさた》しています」

ひそひそ声で頭を下げる。真壁はチラリと蒲田に目をやり、

「映像を確認してもらう人を連れて来ました」

とだけ紹介した。暗に名刺のやりとりは不要だと言われて、蒲田も黙って頭を下げた。

相手の作業着には会社のロゴマークが刺繡《ししゅう》してある。黄色と赤のマークだが、社名は入っていなかった。どの会社へ仕事で出向いても、違和感がないようにしているのだろう。

「こちらへどうぞ」

相手の男が密《ひそ》やかに言って廊下を戻る。

廊下は狭く、二人がようやくすれ違えるほどの幅しかない。床は灰色のリノリウム、壁は薄目のカーキ色、天井の照明は埋め込み式で、突き当たりが非常階段になっている。

途中、同じロゴマークを表示したドアがあったが通り過ぎ、非常階段脇にある小さな部屋のドアを開けた。ノブを握って蒲田と真壁が入るのを待つ。自分も入って閉めてから、やはり小さな声で言う。

「こんな部屋で申し訳ありませんね」

「いえいえ、こちらこそ、ご無理を申し上げて恐縮です。蒲田くん、こちらは防犯映像を管理する会社の社長で、鈴木《すずき》さん」

鈴木と呼ばれた男が会釈《えしやく》したので、

「蒲田です」

蒲田は再び会釈を返した。

部屋は縦に細長く、壁面を塞《ふさ》いでいるラックのせいで薄暗い。棚からはみ出た段ボール箱が床面を侵食していたが、ほとんどが器機や工事用備品を入れたもののようである。空きスペースに事務用の簡易テーブルがひとつ。上にノートパソコンが載っている。アルミの折りたたみ椅子は二脚だけ。そちらを見ながら鈴木が言った。

「すみません。椅子が二脚しか置けなくて」

「ぼくは大丈夫です。立ったままでも」

すると真壁がこう言った。

「いや、蒲田くんが座って確認しないと。俺が見てもわからないんだからさ」

どちらが座るかは二人に任せたと言うように、鈴木は椅子を引いて自分が座り、ノートパソコンを立ち上げた。真壁がクラウドでつながっていると言った通りに、パソコン以外の機器はない。必要なのはパスワードだけという手軽さだ。

「五月の十一日でしたよね？」

訊ねられて蒲田が椅子に座った。頭の上から真壁が答える。

「そうです。午後の式で、十四時か、そのぐらいだったと思います。駐車場の映像を見られればありがたいんですが」

「わかりました」

軽快にキーボードを操作して、彼は一覧を呼び出した。名簿表のような画面には、無数の文字が並んでいる。真壁や蒲田に見えないようにパソコンの向きを調整すると、覗き込みながらデータを探す。

「斎場は品川区の、有吉《ありよし》さんのところでしたね？」

運営者の名前を真壁に訊いた。

「そうです」

「これね。真壁さんに言われて調べてみたら、二日前の九日、深夜から早朝に掛けて、同じ斎場にいた、同じ不審人物の映像が残っていましたよ」

「え？」

真壁は蒲田の横に来て、簡易テーブルに手をついた。

「今、お目にかけますから……あ、言うまでモニターは見ないでください。色々と重要なデータがありますもので」

言われて真壁は身体を起こし、蒲田も背筋をピンと伸ばした。

「ええっと……これです」

ようやく、見やすいようにノートパソコンを回してくれた。赤外線カメラの映像は不鮮明ながら、外灯の明かりと、明かりの下を過ぎる一台の車が映っていた。

「しばらくすると同じ車が戻って来ます。動きが不審だということで、AIがピックアップしたんでしょう。日付は九日の深夜二時十五分。見ていてください」

車が見切れたと思ったが、しばらくすると、再び同じ車が同じ方向から走ってきた。車はバス停のあたりに止まり、男が一人降りてくる。斎場の駐車場はチェーンが掛けられていて、車で乗り入れることができないからだ。男は上下共にスポーツウェアで、帽子を被り、マスクをしている。

「何か持っていませんか？」

モニターを覗き込んで蒲田が訊く。確かにカメラを持っている。男は駐車場のチェーンをまたいで敷地内に入り、建物の周囲をゆっくり歩く。散歩をしているかのようだ。

「ジョギング姿なのに車で横付け、ジョギング目的でないのは確かですよね？　だからA

Iが不審者と判断、記録に残していたのです」

「そんなことまで判断されちゃうんですか？」

目を丸くして蒲田が訊くと、

「そうですよ？　弊社でお役に立てるなら、蒲田さんのご自宅にもぜひ」

冗談でもなく鈴木が言った。

「どうだい蒲田くん。見覚えは？」

「さあ……赤外線の画像だし、帽子を被ってマスクもしてるし、これだけではなんとも」

「そうだよなあ。中肉中背の男性ということぐらいしかわからないよな」

二人の会話が途切れるのを待って、鈴木はまた別の映像を出した。

「それで、同じ人物は日中の斎場にも現れています。真壁さんが言われた五月十一日の午後。記録を見たらほぼドンピシャの時間に映像が残されていました。これです」

それは斎場近くのバス停あたりから駐車場を撮った映像だった。駐車場にマイクロバスが止まっているから、蒲田たちが事務所で取材を始めていた頃だ。

「このあたりに」

と、作業服からペンを抜き、鈴木が画面の一部を指した。

「前日と同じ車が止まっているのが見えますか？」

車はグレーのコンパクトタイプで、確かに前日バス停に止めたものと似ている。

「同じ車なんですか？」

蒲田が訊くと、

「同じ車種、同じカラーです。別のカメラで見てみますか？」

得意げに鈴木は言った。

「こちらの斎場は、アングルを変えて駐車場に三台のカメラが設置されています。カメラも今では小型になって、ちょっと見ではわかりません。防犯用に、カメラがあるぞと『見せる』カメラは入口上部などに設置しますが、本当に性能のいいカメラは、見えないところに設置するのが普通です。逆に言うと、防犯カメラは性能も上がってコンパクトになり、カメラがあることをアピールしにくくなってしまって、不必要な大きさのカバーをかけたりしてわざと目立つようにしていることが多いです」

鈴木は笑い、

「では、建物からの映像を見てください」

別のアングルから撮った映像を出した。グレーの車は、ナンバーまで鮮明に映り込んでいる。

「真壁さん」

蒲田は興奮して身を乗り出したが、真壁はすました顔で車種とナンバーをメモに残した。

「でも、車だけですね」

「この映像ではそうですね。不審な画像があったので、車がわかる映像を探して、スタッフが保存したのがこれです。ＡＩにはそこまでできませんからね」

「人物の画像もあるってことですか」

「ありますよ。出しますね」

鈴木はパソコンを自分に向けて、キーを打ち込み、画像を出した。

「真壁さんがご覧になりたかったのはこれでしょうか。カメラを設置する場所にも依《よ》りますが、斎場の場合、弔問客《ちょうもんきゃく》やご遺族の動きというのはほぼ一定ですから、それに外れる人物をピックアップするようにしています。よく引っかかるのは斎場スタッフや業者ですが、それはこちらで確認してみて、映像を残すかどうかチェックするようにしています

……あ、出ましたね」

映像は駐車場全体を俯瞰したもので、やはり一人の男が映っていた。男は、列をなしてロビーへ向かう弔問客たちとは別方向へ、裏側に当たる通夜用の入口へ歩いて行き、しばらくすると、また駐車場の自分の車へ戻ってきた。斎場事務室で取材を終えた真壁と蒲田がチラリと映る。どの人も喪服を着ていて、映像としては単調だ。この頃すでに場内で告別式が行われていたはずなのだが、男は車を降りる気配がない。誰かの送迎に来たというなら喪服である必要はなく、告別式の参列者なら会場へ移動するべきだ。

「ちっとも車を降りてこないな」

蒲田の脇に手をついて、真壁もジッとモニターを見る。

「でしょう？　でもね。あ、出ますよ」

おもむろにドアが開き、男が降りる。そして後部のハッチを開けるや、上半身を突っ込んで何かしている。間もなく男はカメラを出した。

「何か準備したのかな」

「偏光《へんこう》フィルターをつけたのかもしれないですね」

蒲田が言う。

「さっきも言ったけど、ガラス越しにクリアな画像を撮るのは難しいんです。カメラをガラスに押しつけたとしても、偏光フィルターがあったほうがきれいに写せるから」

「この後の行動もおかしいんですよ」

モニターを見ながら鈴木が言った。

「ほら。ロビーへ向かわない。真っ直ぐにフィックスへ向かって行きます。外をウロウロ歩いている」

フィックスとははめ殺し窓のことだ。あの斎場は、広い廊下の片側がすべてフィックスになっていた。

「最適な画角をさがしているんじゃないのかな。多分そうです」

蒲田は自分が男になったかのようにドキドキしてきた。あの時、自分は家族葬の故人が海岸で見かけた家族の一人ではないかと気付いて、廊下を戻った。大急ぎで。

モニター上では、今まさにガラス窓に近寄ろうとしていた男が踵《きびす》を返した。突然現れた蒲田の身体が邪魔になり、欲しい画《え》を取り損ねたのだ。

家族葬の会場では、棺に覆い被さるようにして奥さんが泣いていた。小さな子供は母親のスカートの裾を握っていた。幼すぎて死を理解できずとも、悲しむ母親に不安を感じていたのだと思う。それが証拠に、あの子はすがるような眼差《まなざ》しを蒲田に向けた。

男は再びガラス窓に寄った。身体の位置を変えてアングルを調整し、ガラスにレンズを押しつけて、ファインダーを覗き込む。そのままジッと動かない。

もうすぐ蒲田は真壁に咎《とが》められ、そして男に気がついたのだ。

早くしろ、早く。どんな男かしっかり見るんだ。過去の自分に蒲田は呟く。男はまだ動かない。

こうしてみると、けっこうな時間、男は窓ガラスの外にいたのだとわかる。

ふっと男は身体を起こした。そして一旦その場を離れ、車に戻って行くフリをして、しばらくすると再び同じ場所に来た。

「どうでしょう」

映像を止めて鈴木が言った。

「この男はいつまで居たんでしょうね」

真壁が訊ねる。

「同じように写真を撮って、車に戻り、出て行きました。そこから昨日の時点まで、同じ男の映像はないです」

奥さんの泣き顔を撮り終えたからだ。もう斎場に用はないのだ。

「そういう映像って、どれくらいの期間、保存しておくものですか？」

蒲田は訊いた。もしかすると同じ男の映像が、都内各所の斎場で撮られていたのではないかと思ったからだ。

「どれくらいの期間というよりは、サーバーの容量ですね。一杯になると古いデータから消去されます。まあ、犯罪などの証拠になりそうなものは長く保存しておきたいというのが心情なので、それでAIに見張らせることを考えたんですが、システム自体が新しいので、古くても一年くらい前の映像しか残っていません」

次に蒲田は、鈴木ではなく真壁に訊いた。

「飯野のケースはどうでしょうね」

代わりに真壁が鈴木に訊ねる。

「白廟霊園《はくびょうれいえん》はどうです？　そこには鈴木社長のところのシステムが入っていませんか」

「顧客の質問をされても答えられないですけどね。ただ、まあ、あれです。残念ながらご契約いただいている斎場さんは、それほど多くないもので、小さな霊園だと、ないんじゃないですかねえ」

飯野がご主人の葬式を出した場所にはシステムがないと、暗に言う。

二人は鈴木に礼を言い、同社の物置を後にした。

「興奮しましたよ。だって、怪しくないですか？」

狭いエレベーターを出た途端《とたん》、蒲田は拳を握って真壁に言った。

「雨宮先生の推測通りじゃないですか。もしかして本当に連続殺人なんですかね？　そんなことってあります？」

「声がデカいよ、蒲田くん」

ビルの裏通りを歩きながら、真壁はスマホを取り出した。

「飯野さんと先生に連絡してみよう。どこにいるのか」

文字を打ち込んで飯野に送ると、待機している喫茶店の名前を教えてきた。蒲田が場所をサーチして、スマホの地図を見ながらそちらへ向かう。今や日常のほとんどがネットにある情報頼みだ。物置で観てきた映像といい、人はシースルーの世界に生き始めているのかもしれない。

飯野と縁は、時代がかった喫茶店の奥まった席に座って、縁はブラックコーヒーを、飯野はレモンスカッシュを飲んでいた。蒲田らが合流すると四人掛けテーブルの奥へ詰め、注文を取りに来たマスターに、蒲田はココアを、真壁はホットコーヒーとピザトーストを注文した。

「すみません。私もチーズケーキを追加で」

飯野がちゃっかり便乗したので、

「あ、じゃ、ぼくも」

蒲田も厚切りトーストを追加する。

「先生も何か召し上がりませんか?」

気を遣って真壁は訊いたが、縁はコーヒーをおかわりしただけだった。

「それで、どうだったね? 防犯カメラの映像は」

マスターが去った隙に縁が訊ねる。観てきたものの顚末《てんまつ》を話すと、

「やっぱり怪しい。そんなの変よ。その人、絶対怪しいわ」

興奮気味に飯野が言った。ストローで氷を弄《もてあそ》びながら、前歯で下唇を噛んでいる。

「信じられない……誠二さんは自殺じゃないって言い出したのは私だけど、それでもやっぱり信じられない。信じるのが怖い。そんな人……世の中にいる?」

誰かに質問したわけではないと思う。飯野の心は揺れているのだ。絶対的な悪とでも呼

べばいいのか、人の幸福を狩るような人物にも赤い血が流れているなんて、信じたくはないのだろう。

「一応ね、ナンバーと車種は控えてきましたが、これからどうするつもりです？」

メモしたページを破り取り、縁に渡して真壁が言った。

「すごい。ナンバーがわかったの？　なら、持ち主を調べられるわよね」

「いや。飯野さん、それは昔の話だと思うよ。たしか、今はもっと厳しくなって、運輸支局へ行っても車台番号がないと情報を渡してくれないんじゃないかと」

「なら、警察に調べてもらったらどうですか」

蒲田の言葉に、飯野は期待を込めた目で真壁を見たが、真壁は顔を背けて手を振った。

「俺のカードを勝手に切るな。そんなことで警察に相談なんかできない。俺はただの編集者だぞ？」

「車台番号がわからなくとも、持ち主を調べる方法なら、あると思うがね」

空になったコーヒーカップを見つめて縁が呟く。マスターが飲み物を運んで来たので、しばらく会話を中断し、彼がカウンターに戻るのを待ってこう言った。

「放置車両だと言えばいい」

「は？　そのナンバーの車がですか？」

新しいコーヒーを一口飲んで、縁は言った。

「路上ではなく、私有地に放置された車の場合、放置された状態を記した写真や、放置期間などを書いた書類を作成して訴え出れば、車台番号がなくとも所有者を調べられるはずだ」

「そんな先生、私有地にって……ヤツが車を止めていたのは斎場の駐車場ですよ？　しかも、放置していたわけじゃない」

縁はニタリと笑ったが、またマスターが来て、ピザトーストやチーズケーキや厚切りトーストをテーブルに置く間は沈黙を続けた。マスターが去ると、

「冷めないうちにお食べなさい」

と真壁らに勧め、三人が食べるのを見守りながらこう言った。

「庵堂にやらせよう。その道の専門家だからね」

真壁は自分でピザトーストにかけたタバスコに噎せ、咳払いして囁《ささや》いた。

「画像を合成するって言うんですか？　それは」

「違法だと言いたいのかね？　もちろんだ」

「もちろんだって、先生……」

「狩人は狩りをやめないぞ？　それは奴らの本能だからだ。自分をカムフラージュする以外、すべての時間を狩りに費やすぞ。獲物はどんどん大きくなる。もしくは数が増えていく。止めなければピッチも上がる。もっと早く、正確に、残虐《ざんぎゃく》に……多くなる」

「警察に相談しましょうよ」

蒲田は縁に睨まれた。

「飯野女史が相談をした。結果はどうだ？」

「確かに、現在手元にある情報だけで、警察が動くとも思えませんがね」

ピザトーストから垂《た》れるチーズを指先に絡め、口に入れて、手を拭きながら真壁は言った。

「事件らしい事件はひとつも起きてないんですからね。少なくとも警察の記録ではそうなってます。うーん、まあ……そうか、私有地の放置車両ねえ……先生のとこは敷地も広いですしね」

敷地も広いって……塀でぐるっと囲まれていたじゃないかと蒲田は思う。あんな場所に、どうやって違法駐車ができるというのか。

「庵堂に任せておけば、一両日中に車の持ち主を割り出すことだろうよ」

「それがわかったらどうします？」

皿にこぼれたソースをパンの耳で寄せ、真壁はそれを食べ終えた。

「どんな男か調べられるさ。儂にとっては興味深い話だからねえ」

縁は静かにコーヒーを啜《すす》った。

「そして小説に書きますか？　警察には？」

ナフキンをふたつ折りして口を拭き、皿に放って真壁は訊いた。

蒲田と飯野は二人の様子を、ただ黙って見守っている。

「警察に届けるには証拠がいるな、真壁さんの意見はもっともだ」

「意見なんてしていませんよ」

するとは「ほほほ」と笑った。

「あんたに懇意の刑事さんを紹介してもらおうにもね、手土産《てみやげ》がなければお目通りすら叶《かな》うまい」

「先生は本気でそいつを捕まえようと思っているんですか？」

「犯人ならば、もちろんだ。放っておけば犠牲者が増える。作家ではなく人として、そんなことは許せんよ」

「私もです。捕まえて欲しいです」

拳を握って飯野が訴える。

どうすることが正しいのか、どうしたらいいのか、蒲田にはよくわからない。

真壁は言った。

「証拠なんてないですよ？　敵は用意周到です。それに写真を撮ったからって、それで罪にはなりません」

「まあな、とにかく先ずは相手の素性を知ることだ。敵を知らずに攻撃するのは大馬鹿者の所業《しょぎょう》だからね」

　椅子の背もたれに身体を預けて縁は言った。窓の光が顔に当たって、天眼通が透けている。縁は澄んだ眼差しで、どこか遠くを眺めていた。視線をそのまま真壁に訊ねる。

「儂よりそちらはどうなんだ。興味があるのかね、ないのかね？　庵堂がヤツの素性を調べたら、真壁さんは聞きたくないのか」

「それはまあ……」

　すこぶる興味はありますけどねと、真壁は口の中でゴニョゴニョ言った。

第六章　スマイル・ハンター

一両日中に男の素性は知れるだろうと、喫茶店で縁は言ったが、真壁からも飯野からも連絡がないまま季節は進み、六月になっていた。

黄金社の編集部へ向かいながら、あれはやっぱり作家の妄言《もうげん》だったのだろうかと、蒲田は釈然としなかった。一時は自分も捜査班の一員に加えてもらったようで興奮したが、あれが妄言だったというのなら、たまさか不思議な空間に迷い込み、夢を見ていたような気がしなくもない。街の緑は濃くなって、カフェにかき氷のポスターが貼られ、それでも空は薄曇り。間もなく社屋というときに、蒲田のスマホに着信があった。

「はい。蒲田です」

「黄金社の真壁です。蒲田くん、今、話しても大丈夫？」

「はい。ていうか、もうすぐ真壁さんの会社に着くところですけど」

「あ、そうなの？　打ち合わせ？」

「ええ。カバーラフの件で」

なら、あとで俺も打ち合わせ室へ顔出すよ、と真壁は言った。

協議の結果、新人作家のデビュー作には、浜辺と森と海の写真を使ったデザインが採用された。その浜にいた家族のことを複雑な気持ちで考えていると、ドアをノックする者があり、真壁がヒョイと顔を出した。

「打ち合わせ、終わった？」

「ちょうど終わったところです」

若い女性編集者は資料をまとめ、席を立つ素振《そぶ》りをしながら答えた。

「それじゃ蒲田さん、素敵なデザインをありがとうございました」

立って椅子をテーブルに戻し、蒲田に深くお辞儀《じぎ》する。蒲田も腰を浮かせて、

「こちらこそありがとうございました」

と、頭を下げた。

「この部屋は、このあと使う予定があるかな？」

「大丈夫だと思いますよ」

彼女が部屋を出て行くと、真壁は在室プレートが『赤』になっているのを確認してからドアを閉め、打ち合わせテーブルに座って突然言った。

「人生が大きく変わるときって、何かを感じるものだよな」

「は？」

「だから飯野さんのご主人の話だよ」

「わかったんですか？」

思わず前のめりになった蒲田を、「シッ」と真壁は黙らせた。誰もいないのに周囲を探り、少しだけ椅子を引き寄せる。

「いつだったっけ？　蒲田くんと防犯カメラの会社へ行ったの」

「もう十日以上も前ですよ。雨宮先生は一両日中に車の持ち主がわかると言ったけど、そのまま音沙汰がないから、ぼくだけ外されたのかと思いましたよ」

「外すもなにも、そういう仲でもなかったろう？」

「そう言いますけどね、無償で飯野の足をやったり、ぼくだってけっこう振り回されたじゃないですか」

「まあ、そっちの借りはさ、なんとか仕事で返すから」

「お願いしますよ。っていうか、そういうことを言ってるんじゃなく」

「だからこっちも忙しいんだよ。今月は出版予定が立て込んでるし、雨宮先生だって、今じゃ『月刊雨宮縁』みたいな仕事の混み具合だし、警察官じゃないんだし」

それはよくわかっている。自分たちは作家と編集者とデザイナー、そして被害者の妻なのだ。それでも蒲田は逸《はや》る気持ちを抑えきれない。

「それで？　どんな男だったんですか」

待て待てとでも言うように、真壁は背広のポケットから手帳を出した。作家別に色分けした付箋《ふせん》がベタベタ貼《は》られ、中はラインマーカーでサイケデリックになった手帳である。

彼は付箋のないページを開くと、声を潜めて蒲田に言った。

「内山祐二《うちやまゆうじ》という名で、年齢は三十七歳。名前を聞けば誰でも知っている大手広告代理店の営業職をやっていた男だ。防犯カメラの映像と本人が合致したので、間違いないと先生は言ってる」

「内山祐二、だから『U』だったんでしょうか」

「あ、そうか。結果を知れば単純だったな。逆にそれだけ大胆な自信家なのかも」

「それに、大手広告代理店勤務なら、カメラはやっていますよね」

「うむ。俺もそういう会社でバイトしていたことがある。現場写真を撮るのも重要な仕事だから、カメラはやるな、普通にやる。上の人ほどいいカメラを持っていたしな」

「それで？　ヤツが犯人だという証拠は見つかったんですか」

「蒲田くんは性急すぎるよ」

真壁は身体を引いて蒲田を見つめた。

「殺人事件だぞ？　そんな簡単にいくわけないだろ。まだ、雨宮先生が容疑を掛けたってだけじゃないか」

蒲田も身体を引いて背筋を伸ばした。

「それはそうだけど、いろいろと不安なんですよ。もしもその人が潔白で……いや、間違いなく変な趣味はあると思うけど……それをこんなふうに調べたりして大丈夫なのかなって、普通は不安になるでしょう」

「きみはヤツを疑っているのか、いないのか？」

「……初めは妙だなという感じもあって……」

蒲田は自分の考えを整理してみた。

「ネットで投稿写真を見つけたり、飯野の話を訊いたりした時は、『もしや』と思ったんですけどね……なんというか、雨宮先生がグイグイ来すぎなんですよ。それで、ちょっと冷静にならなきゃという感じがあります。だから、証拠を見つけたいという気持ちが半分、そんな大それた犯罪をぼくらが暴いていいのだろうかという、怖い気持ちが半分かなあ。ただ、共通して考えるのは、もしもその人物が犯人ならば、飯野の無念を晴らさなきゃって」

「うん。だよな」

真壁は再び身を乗り出した。

「結果として、ヤツと被害者の接点は見つかった」

「どこに？」

「言ったじゃないか、広告代理店勤務だと。あの有名な帝王《ていおう》アカデミーも顧客だってくらいの会社だからね、いろんな企業のコマーシャルなんかも請け負っているわけだ」

「帝王アカデミーって、あれですか？　メンタルトレーニングやメンタルアドバイスをしてる医療関係の？　凄く大きな会社ですよね」

「そうだ。大学も持っている」

真壁はどや顔で頷いた。

「そうか……それはすごいですね」

「先生たちが調べたら、飯野さんが式を挙げた結婚式場も、ミサンガの家族がモデルをやった子供服のカタログも、そこが広告を請け負っていた。過去には双子をモデルに使ったポスターも……あと、例の大型スーパーのチラシなんかも手がけているようだ。必死にネットを探らなくても、被害者の個人情報が手に入っていたかもしれない」

「やりましたね！」

「だから声がデカいって」

ひそひそ話をするように、蒲田はテーブルに身を乗り出した。真壁が続ける。

「庵堂さんが調べたところ、内山祐二は優秀な営業マンで、トル心に投稿を始める五年前までは管理職に就いていた。ところが大きなプロジェクトで失敗し、エリートコースを外れて閑職《かんしょく》に追いやられたらしい」

「もしかして、それが犯行を始めた切っ掛けですか？」

「生活が荒《すさ》んで妻と子供にも逃げられて、会社に居場所も失った。ただ、もともとDV体質でもあったみたいで、妻子と住んでいたマンションには、何度も警察が呼ばれていたという話だし、仕事はできたが、彼を慕《した》う部下はほぼいなかったとさ」

「そんなことまでよく調べましたね。庵堂さんって何者なんですか」

「よくわからない。元々は先生の仕事仲間だと言っていたかな」

「なんの仕事をしてたんでしょうね」

「前も言ったろ？　知らないよ」

「それで、これからぼくらはどうするんです」

「結局乗り気なんじゃないか」

と真壁は笑った。

「雨宮先生なんだが、今日は新作の打ち合わせで飯田橋《いいだばし》へ来ているそうだ。こっちも出向いてランチを喰《く》おう。鰻屋《うなぎ》に予約を入れてあるそうだから」

「鰻ですか？　え、ぼくもご相伴《しょうばん》を？」

「支払いは先生だから遠慮はいらない」

真壁は手帳をポケットにしまい、打ち合わせ室のドアを開けて蒲田を先に廊下へ出した。都合を訊かれもしなかったけれど、鰻と聞けば文句は言うまい。それに『U』の素性が割れた今、ここからどうするつもりなのかを、蒲田は縁に訊ねたかった。

飯田橋には、縁が『サイキック』というホラーシリーズを書いている出版社がある。

主人公はキサラギと呼ばれる青年で、他のシリーズと並ぶ人気作だ。二人は飯田橋で電車を降りると、早稲田《わせだ》通り沿いの鰻屋へ向かった。店の大分手前から、炭火で鰻を焼くいい匂いがしている。体中に匂いがついてもかまわぬくらい魅惑の香りだ。匂いだけで白飯二杯はいける。

「庵堂で予約していると思うのですが」

暖簾《のれん》をくぐって真壁が言うと、奥の個室へ通された。

襖《ふすま》を閉めた部屋は靴脱《くつぬ》ぎに三足の履き物があり、小さいフラットシューズが飯野のものらしかった。他の二足は男物なので、今日は庵堂も来ているのだろう。真壁が先に靴を脱ぎ、一声掛けて襖を開ける。

思った通り庵堂と飯野、縁の代わりに、白くて銀髪の青年がいた。

「遅くなりました」

真壁は言って、空いている席に座ったが、蒲田は青年の容貌の異様さに一瞬わけがわからなくなった。歳の頃は二十歳《はたち》前後で、肌も唇も青白く、瞳はグレーで、射るような眼差し。白いハイネックのスウェットを着て、細身の黒いパンツを穿《は》いている。

「早く襖を閉めて、蒲田くん」

「え。はい」

飯野に言われて蒲田は慌てて襖を閉めると、真壁の隣に腰を下ろした。

「申し訳ないですが、先に注文を済ませておきました」

庵堂が言う。青年の隣には飯野が座り、驚く蒲田をニヤついた顔で眺めている。

「え……まさか……雨宮先生？」

独り言のように呟くと、

「今日は『サイキック』のキサラギなんだよ」

脇から真壁が教えてくれた。

「最初はみんな驚くけどね、でも、すぐに慣れるよ」

いや、そんなことないと、蒲田は心で反論した。人間の容姿がこれほど変わってしまうとしたら、何を信じればいいのだろう。それでも驚いているのは自分だけで、東四郎の縁しか知らないと言っていた飯野さえ、当然の顔で座っている。蒲田は少し考えて、

「キサラギは鰻を食べるんですか？」

と訊いてみた。

「食べるよ。逆に好物だったりするけど」

新しい声色で縁は答えた。瑞々《みずみず》しい青年の声。今まで聞いた中では、最も自然な声だった。

「凄いんですねえ……」

何が凄いのか、もはや自分でもよくわからないまま、蒲田は感心してキサラギを見た。本当に凄い。表情もだが、身にまとうオーラが全然違う。ついに飯野がクスクス笑った。

「蒲田くんの驚き方……わかるー。私も言葉が出なかったもん」

「ボクのことはどうでもいいよ。あまり時間がないから話をしたいんだけど。いい？」

キサラギの皮を被った縁は、人差し指でテーブルの端をトントン叩いた。とたんに飯野は喋るのをやめ、座り直して背筋を伸ばした。

「アナタ。真壁さんから例の人物の素性を聞いた？」

キサラギもやはり独特の言葉遣いをする。アナタというのは蒲田のことだ。

「名前と職業と現状については聞きました。あれって、やっぱり車のナンバーから調べたんですか？　放置車両があると言って？」

「そうですね」

庵堂はすましている。

「大丈夫だったんですか」

「なにがです？」

「その……書類の偽造とか？」

「ああ」

庵堂はニコリと笑った。彼は今日も白いシャツ、無精髭《ぶしょうひげ》で、長髪で、ブルージーンを穿いている。

「大丈夫ですよ。持ち主がわかれば連絡をして、あとはこちらでやりますと言っておいたので」

「それで済んじゃうものなんですか？」

「世の中は虚構と現実で出来ているんだ。役所だから警察だからと勝手な理想を押しつけたって、実際、完璧な人間なんていないんだし、誰しも面倒なことは避けたいんだよ。庵堂が出した書類に不備がなく、担当者が責任を負う可能性がある部分にさえ汚点がなければ、書類は通る。そういうものさ」

キサラギの瞳がギラリと光る。その冷たさに人ならぬものを感じて、蒲田は背筋が寒くなる。

「それでね」

真っ白で真珠細工《しんじゅざいく》のような青年は、真壁と蒲田を交互に見やった。

「ボクにひとつアイデアがあるんだけど」

小首を傾げて微《かす》かに笑う。整った顔は女のようだが、響鬼文佳のそれとは違う。響鬼文佳にはもっとこう、生々しい色気があったが、キサラギはアンドロイドのようだ。

「なんのアイデアです？」

真壁が訊いた。こんなビジュアルを間近に見ても物怖じしないのはさすがだと思う。青年は後ろに手をついて身体を伸ばし、真壁の視線から逃れるように、何もない部屋の壁を見た。

「真壁さんが警察へ持っていくお土産を、手に入れるためのアイデアさ」

それから視線を真壁に戻して、「聞きたい？」と訊ねた。

「ん」

と真壁は小さく唸《うな》る。

それをキサラギはどう判断したか、また身を乗り出して蒲田に言った。

「あのね、彼のようなサイコパスは、自己中心的で自己評価が異様に高いって知ってる？」

自分に訊かれたのかと思ったが、キサラギは返事を待たずに先を続けた。

「良心が欠如しているし、共感力は全然ないし、平気でしょっちゅう嘘を吐くし、責任感も罪悪感もない。なのに自己評価だけは高いから、貶《けな》されると絶対に我慢ができないんだよ」

「だからどうだと言うんです？」

真壁が訊ねる。キサラギはニタリと笑った。

「一度は悲しみのどん底に突き落としたはずの被害者が、再び幸福を手に入れる。そういうことは絶対に、許せないと思うんだよね」

真壁は無言で眉をひそめた。蒲田もまた何を言っているのかと思ったが、縁の隣に座った飯野の、覚悟した表情を見て気がついた。

「まさか」

「思ったよりも勘がいいね、アナタ」

キサラギに褒《ほ》められても嬉しくはない。真壁の顔がこちらを向くのがわかったが、蒲田は興奮しすぎていて、縁を、飯野を、そして庵堂を、順繰りに見るのに忙しかった。

「飯野を囮《おとり》にするつもりじゃないですよね？　そんなこと」

「飯野さんを、なに？」

真壁が訊いて、

「私と言うよりは……あの……」

飯野はもじもじと身体を揺らした。キサラギが言う。

「酷《ひど》い悲しみに襲われたって、生きてさえいれば、人はまた笑えるようになる。でも、サイコパスはそういう想いを理解できない。幸せなフリ、善人のフリ、悲しむフリは上手いけど、本当の人間を知らないからね。ヤツらはそれが厭《いや》なんだ。飯野さんがもし、再び幸せを見つけたら、普通の人は『あれほどの不幸に遭ったのに、簡単に立ち直るなんて不謹慎だ』もしくは『不自然だ』と思うかもしれない。けれどヤツらはそうじゃない。ヤツらは簡単に立ち直るし、そもそも悲しみもしないんだから」

「飯野さんが、不幸の後ですぐに次の幸せを摑んでも、それを不自然とは感じないということですよ。簡単に引っかかってきます」

庵堂が補足した。

「だからね、彼女の笑顔を撮ってアイツに見せる。アイツはきっと、胸をかきむしって悔しがるよ？　ボクにはわかる」

「飯野さんが幸せを摑むって……？」

「飯野を危険な目に遭わせるんですか。ぼくは反対です」

「そうじゃないよ」

キサラギは宙に手を挙げた。

「彼女が危険な目に遭うことはない。だってそうだろ？　アイツの戦利品は、悲しむ彼女の写真なんだから。襲われるのはパートナーで、彼女ではない」

そう言いながらニヤニヤと蒲田を見るので、

「ぼくですか？」

蒲田は思わず自分を指した。飯野のためなら受けてもいいと、少しだけ考えていた。

「アナタでもない」

キサラギはお茶を飲んでいる真壁の鼻先に、人差し指を突きつけた。

「え。俺ですか」

その途端、飯野は座布団を外して両手を揃え、真壁に向いて畳に額《ひたい》を擦《こす》り付けた。

「お願いします、この通りです。私、どうしても誠二さんの恨みを晴らしたいんです」

「真壁さんと飯野じゃ、年齢が釣り合わないじゃないですか」

「人の好みはそれぞれだよ。それに、アナタには二人の写真を撮ってもらわなきゃならないでしょう。二人の最高の笑顔を撮って、ヤツの闘争心に火を点けないと」

「ちょっと待った、先生。そんなことを勝手に決められちゃ困ります。俺には妻も娘もいるんですよ？　そんな写真を妻に見られたら……」

真壁はそこで言葉を切ると、

「そうだ、庵堂さんはどうです？　庵堂さんがやればいいじゃないですか」

と、襲われ役を庵堂に押しつけようとした。キサラギは首を振る。

「ムリだよ。庵堂は表に出ないんだ。でも、そのかわり、真壁さんのことは彼が守るよ。サイコパスの一人や二人、簡単にひねり潰せるから安心してよ」

「安心してよと言われてもですね」

「真壁さんの奥さんって、元出版社の人だったよね。ならば仕事に理解があるでしょ？

ボクを出汁《だし》にしていいからさ。雨宮縁のせいにして、納得してもらってよ」

「あのね、先生、そんな簡単に」

真壁が腰を浮かしかけたとき、

「失礼いたします」

と声がして、しずしずと襖が開いた。

予《あらかじ》め庵堂が注文していた鰻が焼き上がったのだ。特上の鰻重《うなじゆう》はパリパリに焼けた皮目が香ばしく、ふっくらと炊き上がったごはんに甘辛いタレが絡む絶品だった。小鉢の浅漬け、肝吸いに骨煎餅《ほねせんべい》、ワサビを添えた白焼きなどが各自の前に並ぶのを見ながら、自分はどうしてこうも食べ物に釣られてしまうのだろうと、蒲田は諦《あきら》めの境地に達していた。


相手の素性がわかったとたんに、縁の行動は加速した。妻に申し訳が立たないとごねる真壁を強引に説き伏せ、休眠状態になっていたブログをいくつか庵堂に買い取らせ、その夜のうちにまったく内容の違うフェイク記事をいくつもアップした。

数日後、蒲田はバッティングセンターで偶然真壁と会って、汗を流した帰りに居酒屋へ寄り、そこで縁のフェイクブログをひとつ読ませてもらった。

【私だってまだ乙女：#活字中毒、#読書好き集まれ、#すてきな笑顔】
――お久しぶりです。ワタクシこと『まだ乙女』は、大好きな書店員さんの不幸を知って、しばらくブログをお休みしていました。だって、ショックだったんだもん。ネットに広がる誹謗中傷、顔が見えないのをいいことに、好き勝手言いまくる人ってサイテーだよね。そういう自分も気をつけよう。悪気がないのに誰かを傷つけるのはイヤだから。なーんて、でも、すごくうれしいことがあって、だからまたブログ始めました――

画面に小さく結婚式の写真が載せられている。あたかも素人ブロガーが新聞広告を写したように、飯野と亡きご主人の姿が写っている。画質が粗く、顔はまったくわからない。だが、背景やドレスやブーケなどから、見る人が見ればすぐに飯野たちだとわかる画像だ。わかってやっていることとはいえ、蒲田は飯野の気持ちを慮《おもんぱか》って顔をしかめた。

――幸福絶頂だった頃の二人です。でも、しばらくして書店員さんのご主人が亡くなって……――

わざとらしく泣き顔のアイコンが並ぶ。

――奥様のほうとお友だちなんだけど、奥様も体調を崩してしまって、ずーっと心配していたのです。ところが、ところが！――

またもわざとらしいアイコンが、今度は満面の笑みで続いている。

「バカっぽい感じの煽《あお》り文句が上手いですねえ」

蒲田は感心して言った。

「いい気なもんだよ。いったい何をさせられるのか、俺自身は気が気じゃないってのに」

ブツブツ文句を言いながら、真壁は大ジョッキで生ビールを呷《あお》る。

――その奥様、体調を崩した隙に、新しいパートナーをゲットしたようで。え、なに？　どーゆーこと？　彼女には次々に相手が見つかり、ワタクシには未だ誰もなし？　そんなのって不公平じゃありませんか。まあ、彼女は美人だし、ていうかやっぱり顔ですか？　ムギギ……

冗談はさておき、大好きな友人が悲しみから立ち直ったことは嬉しいです。最初のご主人の分まで、二人には幸せになって欲しいです。

このブログに共感してくださる方がいたら、いいねをポチッとお願いします――

「こんなブログに気がつくのかなあ」

蒲田はスマホを真壁に返した。

「どうかな」

真壁は冷めた口調で言う。

「ブログ自体は『仕込み』だよ。小説でいう伏線だな。本筋は俺と飯野さんの写真で、先生はそれをトル心に投稿すると言っている。ああいうサイトってさ、コアなユーザーは、新作をしょっちゅうチェックするものだろう?」

「たぶん、しますね。ぼくも週に一度は更新を確認しているし」

「ヤツが俺たちの写真に気付いて、ネットで何かを検索すれば、補足するかたちでブログがヒット。先生はブログだけでなく、SNSにも餌《えさ》を撒《ま》いてるようだしね」

「それで真壁さんを狙うわけですか」

「厭な言い方だなあ」

「写真はいつ撮るんです?」

「タイミングを見計らっているみたいだよ。これ見よがしではいけないし、今まで相手が尻尾を出さずにいたことからもね、かなり警戒してやらないと」

「そんなこと言ってる間に、次の犠牲者が出たらどうするんです」

「どうするって、そこまで責任持てないだろう」

「かもしれないけど、それでいいんですか」

「乗り気じゃないと言ったり、急《せ》かしたり、蒲田くんはどっちなんだよ」

「……ですよね。そうなんですけど、ただ……初めの頃ならともかく」

蒲田は周囲を見渡して、

「今はどう見たってそいつが犯人じゃないですか。なら、早く捕まえればいいと思うんですよね」

と、声を潜めた。

「俺の寿命を縮める気だな」

「奥さんには話がついたんですか」

「説明はしたよ」

「そしたらなんて？」

「妻は雨宮先生のファンなんだ。反対するどころか面白がってた」

「よかったじゃないですか」

「よくないよ」

真壁はビールのおかわりをした。

さらに酒が進んで居酒屋を出る頃、真壁と蒲田のスマホに縁から同じメッセージが入った。明日の午後十時過ぎ、東京駅八重洲《やえす》側にあるビル最上階のバーで写真を撮りたいというのであった。

まばらなビルの明かりを背景に、重なる線路が白いラインとなって横たわる。黒い空には星影もなくて、窓ガラスに映り込むキャンドルの火が、幻のように中空に浮く。

翌日、真壁と蒲田は連れ立って、指定されたあるバーへ向かった。縁に指示されたとおり受付で真壁と名乗ると、酔客がいるラウンジではなく、高価な個室へ案内された。真壁によると今夜の飲み代は縁の事務所持ちということだったが、個室のチャージ料だけで幾らになるのか、蒲田には想像もつかなかった。

「作家先生って、そんなに儲《もう》かるんですか？」

こっそり訊くと、

「そんなわけあるか」

と、真壁は答えた。

「大昔ならいざ知らず、いまどき作家が儲かるなんて思っているのはワナビだけだよ」

アイワナビー、いつかなりたい、いつかなる。憧れだけで作家を夢見る人々はワナビと呼ばれているのだが、誰もみな最初はそこから始まるわけで、ワナビと作家志望者の差が蒲田にはわからない。

「こちらでございます」

部屋を示してホールスタッフが去り、真壁がノックしてドアを開けると、室内には化粧してワンピースを着込んだ飯野と、ある意味で彼女より目を惹《ひ》くキサラギが、ソファにゆったり掛けていた。『サイキック』の主人公キサラギは、超自然的な能力を持つ設定だ。大家東四郎も響鬼文佳もキサラギも、作中では探偵の立ち位置にあるが、ヘンテコなキャラクターに扮することなく、素のままで相談に乗ってくれればいいのにと蒲田は思う。庵堂と真壁なしには縁と会話できる自信がない。

「遅くなりました」

頼みの真壁はいつもよりずっと表情が硬い。ただ写真を撮るだけなのに、化粧した飯野に怖《お》じ気づいているのがわかる。

こんな状態で笑顔になれるのか、蒲田のほうが緊張してくる。

「待ってたよ。何を飲む？」

銀色の髪をかき上げながら、足を組んでキサラギが微笑む。

「ていうか、ここで写真を撮るんですよね？」

真壁が訊くと、キサラギは頷いた。

「撮るよ。もしも真壁さんと飯野さんが付き合ったとして、仕事柄、不自然じゃない場所を選んだらここになったんだ。でも、先《ま》ずは乾杯しようよ」

ガラスのテーブルには真っ赤なクロスが掛けられて、真ん中にメニューが載っていた。カクテル、水割り、ロックにビール、ワインも各種。飯野はすでにカクテルを、キサラギは何かをロックで飲んでいる。どのタイミングで撮るのかと、蒲田は入口に立って構えていたが、キサラギは飯野の隣に真壁を座らせ、手招いて蒲田も座らせた。

窓の外には美しい夜景。酒とつまみを頼んで乾杯し、縁は蒲田に装丁デザインの裏話を訊いてくる。しばらくすると案《あん》の定《じょう》、話題は縁が書く猟奇的殺人事件のネタバレに及び、水に浮く生首の方向をどうやって知ったかという話になった。営業だった飯野も様々なネタを持っていて、名物書店員さんの奮闘記やら、小さな書店を応援するため配本に尽力した話などで盛り上がる。

互いに何杯かグラスを干して、いい心地に酔いが回った頃には、蒲田も真壁も飯野さえ、何の為《ため》にここにいるのか忘れそうになっていた。

夜景が見えた個室の窓は、いつの間にかカーテンが閉まっていて、気がつけばキサラギがソファを離れて立っている。スラリとした体軀《たいく》に銀の髪、白い肌に白い指、ガラス細工のような容姿を写真に撮りたいと蒲田は思い、酔いに任せてカメラを構えたその時に、キサラギの鋭い眼差しに射貫《いぬ》かれた。

その目が真壁と飯野に移り、蒲田は使命を思い出す。

「雨宮先生がデビューされたときでしたよねーっ、『明星堂書店《みょうじょうどう》』の店長さんがお電話をくださって、『私この作品を売りたいです』って、私はあれに感動しちゃって、それで初めて真壁さんの営業に同行させていただいて、誠二さんと会ったんれすよ」

飯野はろれつが怪しくなって、同じ話を何度もしている。

「飯野さんのご主人ってさ、明星堂書店さんだったっけ?」

こちらも酔いが回ってか、真壁も同じ質問を繰り返す。

「やだな、違いますってば。私の旦那さまがいたのは『のぞね書房』。もうっ、真壁さんたちが応援してくださらないと、書店さんは大変なんですからね」

「している、している。俺は応援してるんだって」

「飲んでばっかりじゃダメですよ?　ちゃんといい本を作って」

「ちゃんと宣伝、ちゃんと配本」

「そうですそうです」

カンパーイと飯野が言って、グラスが鳴った。蒲田は何度もシャッターを切る。

二人ともリラックスしていい笑顔だが、やはりまだ少し硬いかもしれない。

このときになって蒲田は気付いた。縁が個室をチャージしたのは、周囲の目もそうだが、カーテンを引くためだったのではないかと。夜間に室内で撮影すると、艶のあるテーブルやガラス窓に被写体以外の情報が写り込む。蒲田や縁の姿を隠すため、カーテンを引ける個室が必要だったのだ。

「二人とも楽しそうだね」

キサラギが声を掛け、

「私ですか」

と、飯野が訊いた。

「アナタだけでなく、真壁さんもね」

「そうですかねえ？　や、いや、飯野さんが相手じゃ、さすがに若すぎますよ」

まんざらでもなく真壁が笑う。

「でも、カップルというよりは――」

キサラギは言葉を貯《た》めた。

「――飲んだくれ上司と部下って感じだね」

二人ははじけて笑い、その瞬間を蒲田はきっちりカメラに収めた。大口を開けて笑う飯野の白い歯、照れ笑いする真壁の顔も。写真を見たなら、二人が仕事の話で盛り上がっているとは誰も思うまい。それほどに、打ち解けて素敵な笑顔であった。

真壁と飯野が酔い醒《ざ》ましのコーヒーを飲んでいる間に、キサラギは蒲田の写真をチェックした。そして最後に撮った一枚を、トル心に投稿して欲しいと言った。

「ニューカマーの写真はチェックするものだろう？　特に、自分と同じ人物写真は」

「多分そうだと思います」

蒲田が答えると、縁は言った。

「掲載時にはキーワードを載せて欲しいんだ。ヤツが真壁さんを見つけやすいように」

「……なんか、一気に酔いが醒めてきたような……」

真壁はコーヒーを飲み干すと、スタッフを呼ぶボタンを押して、チェイサーのおかわりを頼んだ。

「いいですけれど、キーワードって、どの程度の情報を流せば」

「真壁さんの名前を書く必要はないよ。今日の日付と、あとはタイトル。タイトルは、『最高の笑顔』にして欲しいんだ」

「煽るよなあ……他人事《ひとごと》だと思って」

真壁がげんなりして呟くと、キサラギの顔で縁は笑った。

「手練《てだ》れのハンターは、獲物の命を奪う代わりに、自分の命が奪われる可能性を知っている。けれどもただのハンターは、獲物に狩られる可能性なんか想像しない。罠《わな》を仕掛けても、仕掛けられるとは思わないのさ、とても哀れだ。アナタが写真をアップすれば、相手は目を皿のようにして情報を探す。コースター、テーブルクロスの織り地にも、ここのロゴが入っているしね。部屋は『真壁』でチャージしたから、問い合わせれば真壁さんの名前がわかる。もうひと押しはブログでしておく。飯野さんが黄金社にいたことはもうバレているから、ヤツは『真壁』で検索し、黄金社の編集者だと知るだろう。投稿写真と真壁さんの顔を見比べて」

「えっ、俺ってネットに顔が出てましたっけ？」

慌てる真壁に縁は言った。

「ボクが新人賞を獲ったとき、アナタがどんな編集者か検索したことがある。そしたらネットに出ていたよ。黄金社の真壁顕里《あきさと》。作家志望者のイベントで講師をしたことがあったでしょ」

ネットの世界は怖いよねえと、目を弓形にして縁は笑う。蒲田はやはりゾッとした。

「ついでにブログでデマを流すよ？　真壁顕里は間もなく海外へ行くのだと。傷心の飯野さんも日本を捨てて、アナタに付いていくということにする」

「うちに海外支社なんてありませんよ」

「関係ない。詳しい事情は書かないし、アイツを急かしたいだけだから」

「急かすって」

「殺人を急がせる。得やすい獲物と得がたい獲物、欲張りで傲慢《ごうまん》なハンターは、得がたい獲物を先に狩ろうとするはずだ。それに周到な準備もさせたくない。相手は陰湿なストーカータイプだから、真壁さんに狙いを定めたら、ネチネチと纏《まと》わり付いて、思いつく限りの嫌がらせをしてくるはずだよ。アナタが酷く苦しんで、不幸になっていくのを見たいんだから。そんなの厭でしょ？」

「当たり前じゃないですか」

「だから、逃げてしまうと知らせて殺人を急がせるのが一番いいんだ。ボロを出させて証拠を挙げるのが目的だから」

「殺人を急がせるって、なあ……俺は人身御供《ひとみごくう》ですか」

「冥利《みょうり》だろ？」

真壁はすっかり酔いが醒めてしまったようだった。

その夜のうちに、蒲田は飯野と真壁の写真を『トル心』に投稿した。
タイトル：最高の笑顔
撮影者：蒲田宏和
撮影地：東京
撮影日時：2019／06……。
縁に言われて、拡大すればコースターのロゴマークやテーブルクロスの織り地がわかるよう、画像を極力クリアにした。我ながらよい笑顔を撮れたが、『U』の写真には敵《かな》わない。二人のショットには、家族や恋人同士ならではの親密感や、互いに依存する感じ、温かな何かが欠けているのだ。
けれど、それだからこそヤツは食いつくと、縁は言った。

――アイツは笑顔を撮らせたら自分の右に出る者はないと思っているからね。飯野さんの最高の笑顔を撮ったのは、自分の写真だと自負してる。そこでタイトルが効くんだよ。ヤツの心をかき乱すんだ。『U』が逆立ちしても手に入れられなかったもの、形だけ取り繕《つくろ》って逃げられたもの、飯野さんが再びそれを手に入れたってことをヤツに知らせて、敗北感に爪を立てるんだ。アイツは絶対に喰い付いてくる――

写真を投稿し、デザインの仕事をしてから再びサイトを覗いてみると、蒲田がアップした写真には、早くも八個の『いいね』と、一つのコメントが付いていた。

――シンジ：これはたしかに『最高の笑顔』ですね。打ち解けた感じが素敵です。でもこの二人、不倫の臭いがするのは僕だけでしょうか――

心臓がキュッと縮《ちぢ》んだ。慇懃《いんぎん》な言葉の奥から顔を出す、悪意のようなものを感じたからだ。

「誰？　シンジって」

蒲田は独り呟いて、本名でサイトに投稿してしまったことを後悔した。

「なぜシンジ……そういえば……内山信二って」

そんな名前のタレントがいたな。

「シンジは内山……え。『U』か？　こんなにすぐ？」

蒲田は相手のことを想像してみた。

会社では窓際で、家族が全員逃げ出してしまった自宅ではたった独りでパソコンに向かい、ネットをサーチしているそいつの姿が想像できた。ヤツは日がな一日中、幸せな家族という獲物を追っている。その笑顔を狩るために。

自分たちは、とんでもない野郎を相手にしてしまったのではないか。

蒲田はやおら立ち上がり、玄関ドアを二重にロックし、ベランダサッシの施錠を確かめた。投稿は削除するべきだろうか。ぼくの名前で調べたら、この場所と素性がわかるだろうか。念の為にネットで自分の名前をサーチしてみると、複数の出版社で装丁を手がけていることがわかってゾッとした。そして、やられた、と宙を叩いた。縁はそれも織り込み済みだったのかもしれない。真壁と飯野、二人を撮ったのが仕事でつながりのある自分なら、投稿写真の信憑性《しんぴょうせい》も上がるだろう。ヤツを釣り上げる確率も高まるというものだ。

「マズいぞ」

襲撃は思ったより早いかもしれない。蒲田は真壁にメールした。

――件名：蒲田です。

帰って写真をトル心に投稿したんですが　すぐにシンジと名乗るユーザーから　二人が不倫関係にあるのではないかというようなコメントが入りました。これ　『U』じゃないかと思うんです。くれぐれも気をつけてください。深夜に失礼しました――

すると真壁からメールが返った。

――件名：Re.蒲田です。真壁です。

俺も　昔バイトしていた広告代理店の社長に話を聞いてみたんだよ。そうしたら内山祐二という男　業界ではかなり有名だった。パワハラで部下を死なせたこともあって　閑職に追いやられたときは下請け業者が乾杯したほどだとさ。イケイケでバリバリの感じだったが　仕事で大穴を開けたあと　しばらく休職していたそうだ。そのまま業界を去るのだろうと思っていたら　復活してきて驚いたと。会社は暗に自主退社を迫っているが　休職中にかかっていたクリニックの入れ知恵もあって　定年まで居座るようだ。

実はそのクリニックが帝王アカデミーの系列で　ヤツの会社のドル箱だから　会社は首を切れないんだとさ――

真壁の話が本当ならば、内山は最強のバックアップを持っているということになる。もとより計算ずくで顧客のクリニックに通い出したとも言える。なるほど、たしかにハンターだ。内山は一日中、どんな仕事をしているのだろう。通常勤務なら、真壁や飯野を監視できる時間は限られるが、営業職なら日中も注意が必要だ。飯野のご主人が亡くなったのは帰宅時で、ミサンガの家族の父親が電車に轢《ひ》かれたのは通勤時だった。双子は夕方に死亡して、老夫婦の事故は日中だった。ただし真壁は運転しないので、代車に警戒する必要はない。

「なら、ぼくの車に細工するとか」

明日からは乗車前に車をチェックしなければと思う。

こうなってくると、早いところ内山をどうにかしないと、安心して生活できない。

考えているとまたメールが来た。

――ヤツは相当病んでるぞ。不必要な仕事を延々させてメンタル削って自主退社を促すのが常套《じょうとう》手段だからね。たまったストレスを爆発させているのかも。ハンターというか狂犬だな――

相手の姿が見えてくるにつれ、不安はますます強くなる。

蒲田は飯野にもメールした。彼女は独りでマンションにいるのだ。内山が本意を翻《ひるがえ》し、飯野を襲うことだってあるかもしれない。

――蒲田です。トル心に掲載した途端『U』と思《おぼ》しき人物からコメントが寄せられたんだけど　飯野は大丈夫？　戸締まりに気をつけて――

――飯野です。心配ありがとう　今のところは大丈夫　先生に言われて熊よけスプレーを携帯してるし　枕の下に入れて寝るから　蒲田くんこそ気をつけて――

閉め切った室内は風もなく、蒸し暑くて蒲田はエアコンをつけた。微《かす》かに揺れるカーテンの向こうで夜は深々《しんしん》と更《ふ》けていく。その暗がりに残忍なハンターを隠して。

狩られるのをただ待つのではなく、いっそのことヤツを監視するのはどうだろう。

蒲田はそう考えて、縁に連絡できる夜明けを待った。


夜遅くまで作業することの多い編集者は朝が苦手だ。それを知っているから、蒲田は真壁に雨宮縁の連絡先を教えて欲しいと頼んだ。ところが真壁の答えはノーだった。雨宮縁に関しては、誰であれ個人情報を明かさないという固い約束があるらしい。

仕方なく蒲田は庵堂の名刺を探し、彼の携帯に電話してみた。内山の素性を調べてきたのも庵堂だから、彼と話す方が早いかもしれない。

「はい。雨宮事務所の庵堂です」

呼び出し音数回で、庵堂は電話に出た。

「先日お目にかかった蒲田です。黄金社の真壁さんと仕事しているデザイナーの」

「ああ、はい。存じております」

蒲田は、飯野と真壁のツーショット写真をトル心にアップしたら、内山と思しき人物からすぐさまコメントが入ったことを庵堂に伝えた。

「考えてみたんですけど。もしもヤツが行動を起こすとして、怯《おび》えながら待っているのは心臓に悪いじゃないですか。ぼくはフリーだし、庵堂さんが『U』の住所を知っているなら、彼を見張って、行動パターンを把握するのがいいような気がして」

庵堂はこう答えた。

「ご心配には及びません。雨宮の言いつけで、その役は自分がやっていますから」

「え？」

「だから、自分が彼を見張っています。四六時中」

「四六時中って、庵堂さん。あなた独りで、ですか？」

「はい。すでに内山は飯野さんのマンションを下見に来ました。今朝早くにね」

「ええっ、それで飯野は無事なんですか」

「無事ですよ。彼女に手を出したら、すぐに捕まえることができたのですが、今回は、真壁さんが一緒に住んでいるか確かめに来たのだと思います」

「確かめにって」

「電気や水道のメーターを見ていきました。二人で生活している場合の使用量ではないですからね、真壁さんとは同棲していないと踏んだことでしょう」

なんてヤツだ。

「あの、庵堂さん。いくら庵堂さんでも、たった独りで二十四時間ヤツを見張ることなんてできないでしょう？庵堂さんの隙を突いて、真壁さんや飯野に何かあったら困ります。だから、ぼくにもお手伝いさせてください」

「鈴をつけてあるので大丈夫ですが……そうですか……それなら……」

庵堂はしばし沈黙し、それからこう言って電話を切った。

「わかりました。では、追って連絡させてもらいます」

庵堂から『追って連絡』はこなかった。

そのかわり、ジムで汗を流していた夜七時過ぎ、真壁が電話をかけてきた。

「いま雨宮先生にも電話したところなんだが、敵の動きは早いみたいだ」

ブルートゥースで通話しながら、蒲田はランニングマシーンで走っていた。ようやく心拍数が上がってきたので、できればこの状態を続けたい。一瞬そう考えたものの、真壁の安全と自分の健康を天秤《てんびん》に掛ける思考はどうなんだろうと考えて、マシーンを止めて走行面を降り、休憩用のベンチに座った。

「何かあったんですか？」

「内山の会社から、編集部に営業があったんだよ」

「え、どういうことですか」

「俺を名指しでね、安く広告を打つキャンペーンをやるが、興味はあるかと聞いてきた」

どういうことなのか考えていると、その答えを真壁は告げた。

「そんなの、もちろん嘘っぱちだよ。佐藤《さとう》と名乗っていたけど、電話してきたのも本人だろう。どの会社にも佐藤と鈴木は大抵いるから、誰が電話したか、わからないようにしたんだよ」

「え」

「俺がまだ黄金社にいるか確かめたのさ。どこかのパーティーで交換した名刺があったとか、成績があるので手当たり次第に電話しているんだとか言ってたけどさ、それも嘘だな。ところが話した感じでは、とてもサイコパスには思えなかった。もっとも、サイコパスは人格の一種を表す言葉であって、悪人の総称じゃないからね。精神病質者は魅力的だというけど、その通りだな。話し方が快活で、すぐ引き込まれてしまうんだ。興味深いね」

「それで？　会うことにしたとかですか？」

「まさか。向こうだってそんなこと望んじゃいない。今後、俺の身に何か起きるとしたら、自分との接点はないほうがいいからな。俺だってバカじゃないから、『自分は間もなく異動になるので、別の担当を紹介しますよ』って言ったんだ。ヤツは慇懃無礼《いんぎんぶれい》に電話を切ったよ」

蒲田は冷たい汗をタオルで拭《ぬぐ》った。

「真壁さんの動向をチェックしたんですね」

「そうだろうな。それでさ、雨宮先生が内山の写真を送ってきたから、そっちへも送るよ。庵堂さんが張り付いているから、さほど危険はないはずだなんて言っていたけど、さほどってところがどうもなあ……あの先生は、油断も隙もないからな」

真壁は沈黙し、間もなくスマホに着信があった。写真を送ってきたのである。

「来ました。見ますね」

それは職場へ向かう内山祐二の姿を盗撮したものだった。背景に巨大なビルが写り込み、手前に植えられた樹木から、内山の顔に木漏《こも》れ日が当たっている。松林に立っていた細い影とも、葬儀場で見かけた男の印象とも、それはまったく違っていた。

「なんか……意外な感じですね」

男はグレーのスーツにビジネスバッグ、スティックタイプの傘を持ち、赤いネクタイを締めていた。中肉中背で髪は短髪、童顔にメガネを掛けている。つるんとした肌に小さめの口、クッキリとした眉に大きな目、人畜無害な印象だが、表情はなかった。口元に笑みを湛《たた》えたまま呼吸を止めているかのようで、見開いた目が何かを見ているふうもない。真っ直ぐに前を向き、背筋を伸ばして歩いている。

「ホントにこの人なんですか？」

「そうなんだろ？　俺は見覚えないけどさ」

「ぼくも……知らない人でした」

「ところが飯野さんは知っていたんだ」

「え」

「眼帯とマスクをしていたカメラマンと同一人物かどうかはわからないけど、ご主人の『のぞね書店』で見かけたことがあるんだってさ。デートの約束があって、本屋で時間をつぶしていたとき。なぜか天井ばかり見ている人がいて気になったんだそうだ。業界の人がポップを見ているのかなと思ったらしいが、その時は、ＳＮＳでディスるネタを探していたんじゃないのかな」

「じゃあ、やっぱりこいつが書店の書き込みを炎上させたんですね」

「そういうことになるんだろうな」

「ヤバいヤツじゃないですか」

今さらながら蒲田は言った。

「真壁さんは大丈夫なんですか？　庵堂さんはずっと彼に張り付いていて、この人が飯野や真壁さんに近づいたら、教えてくれるってことですか？」

「でもさあ、それってさ、現実的じゃないよなあ。庵堂さんだって飯は喰うだろうし、トイレにも行くだろ？　睡眠だって取らなきゃならない。四六時中独りで見張るのなんか、ムリに決まってるじゃないか」

「ですよね。ぼくもそれを心配しているんです」

「そういやさ、バイク便で先生から荷物が届いたんだけど、それが熊よけスプレーでさ」

「飯野も先生にスプレーを渡されたと言ってましたよ」

「マジかよ。結局、自分の命は自分で守れってことじゃないか」

「まあ……そういうつもりでいたほうが、何かと安全だってことなんじゃ」

少しも慰《なぐさ》めになっていないと思いつつ、他の言葉が浮かばなかった。

「あ、でも庵堂さんは、内山には鈴をつけてあるから大丈夫みたいなことも言ってましたけど」

「鈴？　なんの鈴？」

「さあ」

真壁は思い切りブツブツ言った。

「あーもう、俺はただの編集者だっつーの……何の因果か、こんなことに巻き込まれてさ。家のローンも残っているし、これから孫が生まれてさ、そっちに金がかかるかもしれないってのに」

「文句があるなら直接雨宮先生に言ったらどうですか」

「電話で言ったよ、思いきりガツンと」

「そしたら、なんて」

「死亡保険の額を上げればいいって言われちゃったよ」

申し訳ないが、吹き出してしまった。

その日から、蒲田のところへも日に何通かメールが届くようになった。相手は真壁であったり、飯野であったり、稀に庵堂のこともあったが、ほとんどが内山の行動をつぶさに報告するものだった。自分の命がかかっている真壁は、キャンペーンの内容を問い合わせるフリをして内山の広告代理店に電話をし、事の真偽と、佐藤なる人物を詮索したいと思ったようだが、それは縁に止められた。その後も黄金社の前をうろついたり、かと思えば真壁や蒲田が通うジムの近くに現れたり、内山だけが行動する日々が続いたある日のこと。突然飯野から、メールではなくメッセージが来た。

梅雨入りしたこともあって、朝からぐずついた天気であったが、日暮れと共に雨脚が速くなり、ついに篠突《しのつ》く雨が仕事部屋のサッシを叩き始めた頃だった。

――飯野です。雨が酷くて　ちょっと思い出しちゃって――

何を思い出したのか、訊かずとも蒲田にはわかる。

彼女の夫が死んだのも、やはりこんな雨の日だったと真壁が言っていたからだ。

――大丈夫？――

ひとこと送ると、飯野は言った。

――うん。なにか　怖いというのとも　悲しいっていうのとも違うんだよね。思い出して　なんだろう　心が堪《たま》らず　サワサワするの――

どう言ってあげるのがよいのだろうかと、考えているうちにもメッセージは続く。

――あのね。蒲田くんが写真をアップしてくれた　次の　次の日に　ポストに怪文書が投函《とうかん》されてね――

「えっ」

蒲田は思わず声を上げた。独り暮らしなのでそれに反応するものはなく、作業中だったパソコンが、スクリーンセーバーに変わっていった。

――怪文書ってなに？　どんなことが書いてあったの――

――たぶんネットから拾ったんだと思うけど　真壁さんの写真に×印がついたやつ。それが投函されてたの――

蒲田はもうメッセージを返さずに、心配のあまり電話を掛けた。

「もしもし？　蒲田くん？」

電話がくるとわかっていたのか、飯野はハッキリとした声で応対した。

「メール見たよ。怪文書って……」

「うん。文書自体は私のほうで保管してある。証拠品だから手を触れないように言われているし、あとで庵堂さんに渡すことになっているから」

「ていうか、あいつがそこへ行ったってことだろ。大丈夫なの？」

「一応ね、外出するときは、先生か、庵堂さんがついて来てくれることになっているから」

「ぼくが行くよ。連絡くれれば」

「ありがとう。庵堂さんもそう言っていた。自分たちがダメな場合は、蒲田くんに連絡して欲しいって。今のところ仕事はここでできてるし、真壁さんとデートするのはまだ先だし」

「デートするんだ、真壁さんと？」

飯野は笑った。

「デートって言ってもフェイクだもん」

それから突然声を潜めて告白した。

「うちに盗聴器が仕掛けてあったの」

「えっ」

「庵堂さんが調べに来てくれて、そっと外して、持ってった。ひとつはバッテリーが終わっていたから、誠二さんがいた頃につけられたものだろうって」

「ひとつは、って、他にもまだあったってこと？」

「うん。もうひとつはつい最近、たぶん蒲田くんが写真をサイトにアップした頃に、取り付けにきたものだろうって」

庵堂が言っていた。内山が飯野の部屋へ来て、メーターをチェックしていたと。

「あいつ、飯野の部屋へも自由に出入りしてたってことか？」

「ううん、そうじゃないみたい。玄関の郵便受けのね、カバーに張り付く小さいチップで、回収も楽にできるようになっていて、中へ入ってくる必要ないの。ピアスのキャッチャーよりちょっと大きいくらいで、ペッて触ればくっついちゃうの……もう、ホントに今は安心して生活できない」

なんてことだ。

そして蒲田はハッとした。

「ちょっと待て。それじゃ、この会話もマズいんじゃ」

「ううん、それは大丈夫。チップは庵堂さんが持って行ったから。雨宮先生に回収してくるよう言われたんだって。相手の性格から察するに、きっと仕掛けてあるはずだからって。電波はそんなに飛ばせないから、近くに録音機もあるはずだっていうので探したら、通路のボックスに隠してあったの。庵堂さんが内山をマークしていたときに、外のボックスを覗いているのを見たみたいで、そのときはメーターを確認にきたのだろうと思ったけれど」

「盗聴器を仕掛けに来てたのか」

「そうみたい。でも先生は好都合だって。偽の音声を聞かせるって言ってたわ。あっちが仕掛けた罠は全部利用させてもらうって」

「なんだかなあ」

蒲田は髪を掻き上げた。表情の見えない天眼通、響鬼文佳のピンクの唇、キサラギの凍るようなグレーの眼。それに比べたら内山祐二のほうが、ずっと人間らしい気がする。

「こんなこと言うとあれだけど、ぼくは雨宮先生のほうが怖いと感じることがあるんだ」

「うん。それは、私もあるな」

飯野は静かに同意した。

「時々思っちゃうのよね。先生はどうして内山の考えがわかるんだろうって、もしかしたら、先生も……」

飯野はそこで言葉を切って、

「でも、それって考えすぎだよね。そうだよね？」

無理に明るく話をまとめた。なんと答えればいいものか、蒲田にはわからない。

庵堂の『鈴』は盗聴器のことだったのか。ニセの情報を内山に流して、襲撃の日をコントロールするつもりだろうか。それとも、ぼくたちみんなが騙《だま》されていて……いや、そんな、まさか。蒲田は自分の口に手を置いた。雨宮縁に感じていた得体の知れなさ、猫の目のように変化する印象や、時折り見せる冷めた眼差し。そうしたものがひとつにつながり閃きを呼ぶ。そんな、まさか、でも、本物のスマイル・ハンターが雨宮縁だった、ということはないのだろうか。

蒲田は激しい動悸《どうき》を感じた。

狩られるのは誰の笑顔だ？

飯野の見舞いに行ったとき、病室でした泣き笑い。あれを写真に撮られていたとして、次に泣くのは飯野か、ぼくか。そんなことがあり得るだろうか。

飯野が死んで、ぼくが泣く。ぼくが死んで、飯野が泣く？　もしくは真壁さんを失って、ぼくと飯野が泣くのだろうか。

いや、ぼくたちは家族じゃない。でも、スマイル・ハンターが狩るのは家族だと、そう言い出したのも雨宮縁だ。

蒲田は大きく頭を振った。誰も信じられない。雨宮縁も、庵堂もだ。

心臓の鼓動が早くなる。激しい雨音に打ち勝つほどに。

「飯野、返事をしないで黙って聞いて」

息づかいだけが聞こえた後に、コツンと小さな音がした。飯野が爪でスマホを叩いたのだ。

「その部屋には、まだ、他にも盗聴器があるかもしれない」

……コツン。

「調べに行くから、普通の感じで電話を切るんだ。念の為、パソコンやスマホの電源は落としておいて。変なアプリが入っていると、ぼくがそこへ行ったことがバレてしまうから」

コッン。

「マンションの下でクラクションを鳴らす。それから部屋へ上がって行く。戸締まりをしっかりして、ぼく以外に誰が来ても、開けないで」

コツ、コッン。

「電話を切るんだ」

「それじゃ蒲田くん、私は大丈夫だから」

そして飯野は通話を切った。

部屋を飛び出し、玄関キーをロックして、駐車場へ向かいながら、蒲田は真壁に電話した。夜は打ち合わせか編集作業で出てくれないかと思ったが、向こうも緊張が続いているらしく、呼び出し音数回で電話を取った。

「真壁さん、蒲田です。雨宮縁って、信用できる人物ですか？」

「なにかと思えば、唐突に」

「急に不安になったんです。本当のスマイル・ハンターは雨宮縁じゃないのかなって」

「はあっ？」

真壁は呆《あき》れたようだが、蒲田の不安は止まらない。獲物を執拗《しつよう》に追い詰めていく縁の手法はネチっこく、そつがなく、スマートで、大胆だ。

「ぼくたちみんなが騙されているってことはないですか？　次のターゲットは真壁さんか

「──」

「俺がターゲットだよ。そういう作戦だったじゃないか」

「──もしくはぼくか、飯野とか」

「何をどうしたらそうなるんだよ。飯野くんが悲しむ顔を撮りたいんだろ？」

「それもこれも、すべてを推理したのはあの先生じゃないですか。そもそも一連の死亡事故や自殺なんかを事件にしたのはあの人ですよ？　踊らされているってことはないですか？　ぼくらの笑顔も撮られていて」

「誰に？」

「庵堂さんです」

真壁は黙った。

「それで、ああそうか。やっぱりターゲットは、ぼくか、飯野だ。真壁さんは本を出さなきゃならないんだから。スマイル・ハンターが狙うのは笑顔だけじゃなく、悲しむ人たちのストーリーだったら、どうですか」

「自分が何を言ってるか、わかってるのか？」

「わかっています。真壁さん、真壁さんは先生からどんな指令を受けたんです？」

「どんな指令って、別に何も」

「熊よけスプレーって、本物ですよね？」

「え？」

真壁は何かをゴソゴソ言わせ、しばらくしてからこう言った。

「本物だと思うけど、噴射したら大事になるから、中身を確かめようもないけどな」

「それ、使わずに新しいのを買ったほうがいいですよ。中身は毒物かもしれないじゃないですか」

そして蒲田は、「あっ」と思った。飯野のスプレーにも毒が入っているかもしれない。漂白剤と洗剤を足すと発生するような、どこにでもある成分で。防ガス対策をした縁に襲われ、飯野がスプレーを発射して、そして飯野が死んだとしたら、事故か自殺で処理できる。

「飯野のところへ行かないと」

「え、ちょっと待てよ、蒲田くん」

真壁の声が聞こえたが、蒲田は電話を切ってしまった。傘もささずに駐車場へ向かって走る。蒲田のマンションは専用駐車場が完備されていないので、近くの月極《つきぎめ》駐車場を借りているのだ。整地してアスファルトを敷いただけの駐車場には、寂《さび》しげな外灯がひとつだけ点《とも》っている。真壁から折り返しの電話があったが、受信することなく飯野に掛けた。

「飯野、ぼくだ。蒲田だ。熊よけスプレーを」

そのとたん、飯野の電話はぷつりと切れた。

「うそ。え？　なんで？」

再度かけたがつながらない。

雨は激しく、髪にも肩にも服にもかかって、外灯の光が銀の筋を引いている。車の周囲は真っ暗で、フロントガラスにかすかな明かりが照り返す。蒲田は車に飛び乗った。ブーッ、ブーッ、ブーッ、助手席に放り出したスマホが唸る。真壁からだとわかっていたが、蒲田はそのままアクセルを踏む。その一瞬、車が火を噴く幻影に心臓が跳ねた。

車に細工がされていないか、気をつけなければならなかったのに。

念の為ブレーキを踏み込むと、誤作動もなく車は止まった。深く息を吸い込んでから、蒲田は飯野のマンションへ向かった。


同じ頃、真壁も編集部を飛び出していた。ビルの中では気付かなかったが、ロビーに下りてきた途端、歩道が雨粒で煌《きら》めいているのを見て舌打ちをする。傘がないのだ。

真壁は守衛室に寄り、安いビニール傘を一本借りた。ロビーの時計を見上げると、時刻は午後十一時三十四分。念の為もう一度蒲田に掛けたが、あれきり蒲田は電話に出ない。

真壁は傘をさしてロビーを飛び出し、通りがかりのタクシーを捕まえた。飯野のマンションの場所を告げ、自分と蒲田と、どちらが早く着けるだろうかと考えた。前のときは一緒あの時は真壁の胸騒ぎが飯野を救ったが、今度は蒲田の直感が彼女を救うことになるのだろうか。

雨は激しく降っている。街の明かりや信号の色や、対向車のライトが乱反射して、躍《おど》る光に酔いそうになる。雨宮縁がスマイル・ハンター？

蒲田の主張を考えてみる。ことの始まりはなんだったろう。蒲田くんが遭遇した人身事故だ。そして飯野さんの自殺未遂。写真投稿サイトを見つけてきたのは蒲田くんだし……雨宮先生がそれを仕込んだとは考えにくい。でも、もしも蒲田くんの言うように、彼が偶然見つけたカードが、雨宮先生の犯行を暴くものだったとしたら……。

「いやいや、ないよ、それはない。そんな馬鹿なことが」

「え、なんですか？　お客さん」

運転手に訊ねられ、

「なんでもありません」

と、真壁は答えた。熊よけスプレーが毒物なんて。

「蒲田くんこそ妄想が過ぎるよ」

ワイパーを激しく回しても、豪雨のせいで景色は歪む。真壁からの電話がおとなしくなったので、飯野の無事を確認してから掛け直そうと蒲田は思う。

マンションが見えてくる。彼女の部屋は道路に面していないから、部屋の明かりが確認できない。ウインカーを出して路肩に寄せると、蒲田はクラクションをひとつ鳴らした。ハザードランプを点けたまま、車を飛び出しマンションへ走る。

エレベーターに乗るあいだ、住人の傘が床を濡らした跡を見ていた。自分の身体はびしょ濡れだ。十階に着いて、扉が開いた。覆いのない通路に雨が吹き込み、光がテラテラと躍っている。エレベーターを降りたら右へ三つ目。ゴミ袋で埋まっていた部屋をノックすると、ややあってから、扉は開いた。

「蒲田くん……びしょ濡れじゃない」

蒲田は安堵《あんど》のため息を漏らした。

飯野を外に引っ張り出して、蒲田は訊いた。

「なんで電話に出なかったの」

「ごめん。電池切れ起こしちゃって」

膝からくずおれそうになる。

「マジか……そんなこと……だったとは」

飯野の無事を確認した途端、濡れネズミになった身体が凍《こご》えた。飯野が乾いたタオルを持ってきて、二人で狭い玄関に入り、髪と身体を拭ってから、蒲田は人差し指を唇に当てた。

飯野が頷く。

ジェスチャーで、蒲田は訊いた。

(盗聴チップが付いていたのはどこ?)

飯野の指がドアを指す。なるほど、郵便受けの跳ね上げ部分に、それは付けられていたようだ。蒲田は自分のスマホを出して、メモ用アプリに文字を打つ。

(そのとき、庵堂さんが部屋へ入ったんだね?)

飯野はコクンと頷いた。そして蒲田のメモ用アプリに、

(コンセントとか、照明器具とか、全部調べてくれました)

と、書き込んだ。

ぐしょ濡れのスニーカーを脱いで、蒲田はリビングへ入っていく。今ではきれいに片付いていて、窓辺のチェストに二人の写真が並べてあった。広告に使われた結婚式の写真はなくなっていて、代わりに別のウエディングシーンを撮った写真が飾られている。飯野たち夫婦が妊娠を知った瞬間の写真も別の写真に差し替えられてしまっていた。

蒲田はリビングの奥へ行き、人差し指を各所に向けた。

(庵堂さんが調べたのはどこ?)

飯野の指が答えを示す。テレビの後ろ、壁の隅《すみ》、そしてベッドの脇である。

蒲田は迷わずテレビの後ろのコンセントを見た。そっと機器を抜き取ると、やはり盗聴器が仕掛けてあった。飯野は口を覆っている。音を拾うことがないようプラグを抜いて、蒲田は言った。

「庵堂さんは盗聴器を探す振りをして、自分の分を仕掛けたんだよ。あと、先生にもらったという熊よけスプレーだけど」

ピンポーン！

タイミングよく玄関ベルが鳴り、蒲田も飯野も飛び上がった。勝手にドアが開いて、ビニール傘を手にした真壁が部屋を覗き込む。

「真壁さん」

蒲田は安堵のため息を吐き、怒らせていた肩を落とした。

「どうして」

「どうしてもこうしてもないだろう、あんな電話を掛けてきて、折り返しても電話に出ないし、心配で飛んで来ちゃったじゃないか」

勝手に靴を脱いでズカズカと上がってくる。

蒲田が外したばかりの盗聴器を差し出すと、真壁は眉間《みけん》に縦皺《たてじわ》を刻《きざ》んで、

「なに、部屋のなかにも付いていたってか」

と訊いた。庵堂が内山の盗聴器を持ち帰った話は、真壁も聞いていたという。

「こっちは内山じゃなく、庵堂さんが仕掛けたものです」

　真壁は信じられないという顔で、蒲田ではなく飯野を見やった。

「ここには庵堂さんしか入ってないし、合鍵《あいかぎ》を持っているのは管理人さんだけなの」

「……嘘だろ、おい」

　本物のスマイル・ハンターは縁ではないかという蒲田の仮説が、真壁に重くのしかかる。恐怖で絶望的な顔をして、真壁が盗聴器に触れたときだった。

　ブツッ！　と音がして電気が消えた。

　室内が闇に沈んで、エアコンが止まり、降りしきる雨の音が大きくなった。暗がりで三人は互いを見たが、天井の心細い非常灯では表情も見えない。飯野がすり足で窓へ行き、カーテンを開けて外を見る。

　相変わらず雨は窓に流れて、夜景がチカチカと乱反射していた。

「停電じゃないわ。うちだけよ」

「なら、ブレーカーが落ちたんだ」

　蒲田が言うと、

「配電盤は外だったよね」

　と、真壁も訊いた。

「俺の家もマンションだから、たまにブレーカーが落ちるんだよ。業者が検針に来て、配電盤ボックスにちゃんと鍵を掛けないとかさ、雨の日はサイアクなんだよな」

「うちはもともと鍵なんかないから」

「鍵は付けた方がいいよ？　管理人さんだって通いだろ？　なら、メンテは自分でできないと」

言いながら真壁は玄関へ行き、スマホのライトで靴を履く。

「大丈夫ですか」

と蒲田が訊くと、

「ブレーカーを上げるぐらいで大丈夫かもないもんだ」

文句を言いながら出て行った。

何が心配ということでもないが、蒲田も濡れたスニーカーに片足を入れ、玄関ドアを開けて様子を窺《うかが》う。ドアと配電盤は横並びに付いていて、けっこうな扉の大きさだ。おそらく物入れと兼用になっているのだろう。飯野がそこに録音機が隠されていると言ったので、粗忽《そこつ》な真壁が録音機に触れてしまわないか心配だ。

通路には雨と風が吹き込んでいる。上着の裾《すそ》をはためかせ、真壁はライトで配電盤の取っ手を探る。引き手に指をかけて扉を大きく開けてしまうと、彼の姿は扉に隠れた。

「うわっ」

続いて真壁の叫びが聞こえ、落ちていくスマホのライトで天井が光った。

「真壁さん？」

様子を見ようと通路へ出た蒲田は、配電盤ボックスの中から突き出た腕が、真壁の喉に刃物を突きつけている光景に声をなくした。落ちたスマホのライトのせいで、細長い刃先がギラギラ光る。降参するよう両手を挙げて、真壁はジリジリ後ろへ下がり、手すり壁に背中が当たって動けなくなった。

配電盤ボックスから現れたのは丸顔の男だ。男は威嚇《いかく》するように刃物を振って、

「部屋に戻れ」

と低い声で言う。スマホを蒲田のほうへ蹴りつけて、「拾え」と短く命令した。蒲田は腰を屈《かが》めてスマホを拾い、射るようなライトを消した。その時だった。

「蒲田くん？　電気、まだ点かないよ」

飯野があっけらかんと顔を出し、通路に立つ三人を見て動けなくなった。

暗さに慣れてきた目には、真壁の表情が読み取れる。今はいうことを聞いてくれ。真壁はそう言っている。思考が凄《すさ》まじい勢いで頭を巡り、その通りだと蒲田は思った。先ず真壁さんから刃物を遠ざけ、そして二人で反撃すれば、男一人を取り押さえることは簡単なはずだ。真壁も同じことを考えているのか、

「わかった。わかったから」

と、下手に出ながら男を宥《なだ》めた。後ろ手に飯野を庇《かば》いつつ、蒲田は後ずさりながら玄関

を入る。玄関に置いてあった熊よけスプレーを、飯野はそっと背中に隠した。

「入れ。もっと奥へ行け」

男は興奮していない。だから余計に恐ろしかった。配電盤ボックスの中で息を潜めてチャンスを窺っていたのかと思うとなおさらだった。真壁の腕をがっちり摑み、頸動脈《けいどうみゃく》に刃を向けて、男も部屋に入ってくる。そしてガチャリと玄関を閉めた。鍵は掛けない。逃げるときのことを考えているのだろう。室内の明かりは非常灯のみで、飯野がカーテンを開けた窓辺にだけ、モザイクのような街の光が散っていた。雨は激しく、風は強い。ジリジリと間を詰められて、ついに蒲田らはリビングに着く。その時だった。

「あなたなのね！」

蒲田の背中で飯野が叫んだ。

「内山祐二ね、そうでしょう？　あんたのこと、知っているのよっ！」

内側に焰《ほのお》が燃え立つような声だった。

「なんだ……？」

薄い明かりで、内山が両目を見開くのがわかる。自分の正体がバレているとは思わなかったという顔だ。黒目がとても大きくて、それがぬらぬら光っている。動揺した隙を突いて刃物を奪いたかったのに、だが、内山は震えもしない。正体を知られていたのは驚きだったが、それだけのことだというように。

勇敢なのは飯野だけで、今にも内山に襲いかかろうと、ガードする蒲田の背中を押してくる。

「跨線橋《こせんきょう》から誠二さんを、突き落としたでしょ、そうでしょうっ」

「は」

まるでショーでも見たように、内山はのけぞってニタリと笑う。

「なんでわかった？　いつわかったんだ」

「最初からよ。そんなの初めからわかっていたわ」

「嘘を吐けーっ！」

それは地獄の噴煙のような破壊力を持つ声だった。細めの身体に、つるんとした肌、童顔で、どこにでもいそうな中年男は、内部に濃厚な毒を持っている。ただ一声の毒に打たれて、飯野はそれきり静かになった。

「外にも出られなかったくせに、よく言うよ。亭主に死なれて、生きる屍《しかばね》と化していたくせに。知ってるんだよ。俺は、みんな、知っているんだ」

「じゃ……やっぱりあんたが、飯野のご主人を殺したんだな」

我慢できずに蒲田は訊いた。せめて訊かずにいられなかった。飯野の代わりに。

内山は首を回してパキポキと骨を鳴らし、笑みを浮かべて歌うように言った。

「知らなーいよー、俺じゃなーい、証拠もなーい」

それから飯野を睨み付け、唇の周りをベロリと舐めた。

「あんたのご主人は優しい人だよ」

「え」

「跨線橋で突然苦しみ出した俺に、親切にも声を掛けてくれたんだ。大丈夫ですかって」

「なに言ってるの……なんの話よ?」

「傘をさ、こう」

内山は真壁の首のすぐそばで、持っているナイフを水平にした。

「こうやって膝のうしろに差し込むと、簡単にバランスを崩すんだよ。だから俺は柵の手前で、絶好のポイントに獲物が来るを待ったんだ。十分に引き寄せてから、ご主人の足に傘の柄を……」

飯野は苦しそうに顔を歪めた。今夜も雨が降っている。視界を遮る激しさで。内山は笑いながらナイフを水平に上げた。それだけで、飯野にも蒲田にも、おそらく真壁も、ご主人がなぜ跨線橋から落ちたかがわかった。

内山はうずくまって両足の後ろに傘を回し、立ち上がりざまそれを引き上げたのだ。膝《ひざ》裏を取られて身体は傾き、頭の重みで後ろへ落ちる。争いの痕跡を残すことなく、ご主人は跨線橋の手すりを越えて線路に落ちた。その傘を、内山は今も持っている。出勤する彼が手にしていたスティック傘は、殺人の道具だったのだ。

「……は……」

飯野の全身が震え始めた。その震えが蒲田に伝播《でんぱ》する。蒲田が声を発する前に、

「なにもやっていないというのなら、あんた！」

真壁の怒号が轟《とどろ》いた。

「あんたが今やってるのは、なんなんだ！」

一刺しで消えようかという命の汀《みぎわ》で、真壁の瞳が燃えている。飯野とご主人、生まれなかった子供の無念が乗り移ったかのようだ。

「俺を殺そうとしてるじゃないか。首に刃物を突きつけて、他人の家に侵入して」

「んあ？　そうだな……知りたいか？」

これから何をしようかと、楽しむように内山は嗤《わら》う。

「新しいステージが始まるんだよ。俺には暇があるからね。そうやって時間をつぶすのさ。あんた、そこの女」

内山は刃物を真壁の首に向けたまま、黒目がちな瞳を飯野に向けた。

「あんた、いいご身分だったな？　ふん、幸せそうな顔しやがって……結婚式、そして妊娠、なーんにも知らずに幸福の絶頂？　笑わせるよな。人生なんてさ、いいことはほんの一瞬なんだよ。幻だ。何もかも全部、幻なんだ。一寸先は真っ暗闇だ。俺はそれを教えてやってるだけなんだ」

「ふざけないで」

と、震える声で飯野は言った。

「ダメだ、飯野。やめておけ、こいつに何を言っても無駄だから」

飯野が自分を押しのけて兇刃《きょうじん》の前に飛び出すのではないかと、蒲田は気が気ではない。

「そうだ。やめとけ――」

と、真壁も言った。

「――こいつに何か言っても無駄だ。どうせ理解なんかできない。刺激をするな」

あーはははは。と、内山は笑った。

「幸福なんてクソみたいな幻影だ。最高の笑顔は最悪の泣き顔に、すぐ反転するものさ。俺はそれを知っている。知っているだけでなく、証明している」

「写真を撮ったのか？　彼女の写真を」

「撮ったよ？」

内山は嬉しそうな顔でニヤニヤした。

「笑顔と泣き顔。理想と現実。表と裏。真実だよ、それは一対の真実だ。けっこうコレクションが貯まったけどね、最近は刺激が足りなくってさ」

「刺激ってなんだ？」

勇敢にも真壁が訊ねた。怒りのせいか、顔が赤黒くなっている。

「ワンパターンになってきた。でも、ちょうど」

内山は飯野と蒲田のほうへ顎をしゃくった。

「あんたたちが出てきてくれた」

「なに言ってるの、わかんない」

背中で再び飯野が吠《ほ》える。

「さぁーん、かく、かんけーい。うひひひひ」

オーバーアクションで内山は笑った。

「そういうパターンを考えてみた。証明の難易度は上がるが、面白い。一人ではなく全員が死ぬ。次のコレクションはそれぞれの笑顔と、凄惨《せいさん》な事件現場の写真と、あと新聞記事だ。三組セット、いいだろう？　カメラ？　もちろん持ってきてるよ。配電盤ボックスに置いてある。血で汚れるのは厭だから。知ってるか？　血液ってのはさ、拭き取っても跡が残るんだ。俺は証拠を残さない。事件になると警察に捕まるからね。それで今日のシナリオだけど……あんたが」

内山は一瞬だけ切っ先を飯野に向けた。

「不幸の源だ。夫の死にあんなに涙したくせに、とっとと次の男を見つけた。次の、次の男も見つけた。それでこいつが」

と、真壁の首を刃物でなぞるふりをする。

「二人の関係を知って殺しに来たのさ。それが今夜だ。二人をメッタ刺しにして、最後は窓から飛び降りる。ふふ……」

内山は唐突にナイフを振り上げて、蒲田に突進してきた。

蒲田が飯野を突き飛ばし、兇刃から身を守ろうとした途端、明かりが点いてドアが開き、真壁が素早く床に沈んだ。真壁は内山の膝裏を蹴り、ガクンとくずおれた内山の腕を蒲田が摑んだ。ところが内山の力は思いのほか強く、なかなか刃物を放さない。

「伏せて、蒲田くん!」

怒号のように飯野が叫ぶ。

蒲田が床に伏せたその瞬間、内山の顔面めがけて熊よけスプレーが炸裂《さくれつ》した。

「ぐおーっおおおおお!」

凄まじい異臭と刺激。内山はのけぞりつつも闇雲に凶器を振り回したが、真壁が腕を叩いてナイフを落とした。その隙に蒲田がタックルし、倒れた背中に真壁と二人でダイブする。無様に転んだ内山の背中に、男二人がのしかかっていた。

「なにをするんだ、痛いじゃないか! 痛い! 痛い!」

内山は両目が明かず、涙を流して暴れたが、体格のいい真壁と蒲田にのしかかられてはどうにもならない。しばらくすると、突っ伏したまま静かになった。

「痛い、救急車ーっ。救急車を呼んでくれ」

それでも時々叫び出す。熊よけスプレーの臭いは凄まじく、蒲田らも涙が止まらない。視界もきかず、辛《つら》さに噎《む》せる。全員でもがいていると、

「熊よけスプレーは最強だったろ？　ボクらの出る幕はなかったね」

どこからか、人を喰ったような声がした。

蒲田は目をしばたたいたが、涙のせいで見えるものはない。

「雨宮先生？」

恐らく同じ状態の真壁が、顔を四方に向けて訊く。

「ボクだけでなく庵堂もいるよ。真壁さんたちがここまでやると思わなかったから、結局、庵堂も出番がなかった」

開け放たれた玄関から熊よけスプレーのガスが出て行き、かわりにパトカーのサイレンが、遠くから何台も近づいてくる。

「110番もしておいた。真壁さんに刑事を紹介してもらう手間が省《はぶ》けちゃったね」

ようやく少しだけ視界が利いて、キサラギと庵堂の姿がぼんやり見えた。

庵堂は手近にあった電気コードで内山の両足をきつく縛ると、背中に腕を回してそれも縛った。それから真壁と蒲田を立たせ、

「お疲れ様でした」

と、ニッコリ笑った。

「痛い！　痛い！」

内山は狂ったように叫んでいたが、縁がそばへ寄っていき、凍るような声で、

「騒ぐと殺すよ」

そう囁くと、静かになった。

「いい子だ。そう、いい子だね。静かにしていれば、これ以上痛い目には遭わせない。あと、それからさ」

後学《こうがく》のために教えて欲しいことがあるんだけど。と、キサラギは言った。

「アナタ、たくさん写真を撮ったよね？　そのなかで、殺した人と、そうでない人、それはどうやって選んだの？」

内山は答えない。するとキサラギは膝で背骨を踏みつけた。

「ギャア！」

そのまま身体を傾けて、耳に口を寄せ、静かに訊いた。

「美しい笑顔、幸福な笑顔、アナタが写真を撮った人物たちの中から、個人情報を入手できた人がターゲットになった。それで合ってる？」

内山は頷いた。ごめんなさいをするように、何度も、何度も。

「自動車事故で死んだ老人の車に細工をしたね？」

内山はまた頷いた。

「アナタの経歴を調べたよ。父上が整備工場の社長だね？」

内山は答えない。キサラギはギリギリと、膝を背中にめり込ませていく。

「痛い！　そうだ！　細工した。あの夫婦とはスーパーで知り合って、仲良くなり、車検で車を出すときに、代車として貸したんだ」

キサラギはニッコリ笑った。

「双子の一人を自転車ごと用水路に落としたね？」

「落とした！　ひぃーっ、痛い！　もうやめてくれ」

「ミサンガの家族の父親を、田町駅のホームから突き落としたね？　傘を使って」

「そうだ！　痛い！」

「ミスコン受賞者の女子大生も……」

「痛い！　もうやめてくれ！　そうだよ、俺がやったんだ。全部俺がやったんだよ」

キサラギは灰色の瞳を光らせて、両膝で内山の背骨を苛《さいな》んだ。

「教えてよ。アナタはそれで楽しかったの？　自分の勝ちだと思ったの？　不幸は蜜《みつ》の味だった？　戦利品を眺めて悦に入ったね？　幸せだった？」

「やめろ！　もうやめてくれ！　このイカレ野郎をどけてくれ！」

泣き叫ぶ内山に庵堂が近寄り、縁の両脇に手を入れて、彼を内山から引き剥がす。

「参考になったよ。ありがとう」

銀色の髪を掻き上げながら、キサラギの顔で縁は言った。

蒲田は大いに混乱していた。

「いったいどういうことなんですか。これは、どういう」

真壁や、自分や、飯野まで危険な目に遭わされて、どうしても納得がいかなかった。心臓はバクバク躍り、内山に対する怒りと興奮がマックスで、それをどこにぶつければいいのかわからなかった。本物のハンターは縁だと、そう思う気持ちにも変わりはなかった。いいところで登場し、内山を尋問して見せたけど、内山だって影から縁が操《あやつ》っていたのかもしれないじゃないか。

「テレビの裏に盗聴器がありました！　それって庵堂さんが仕込んだんですよね」

「ええ、そうです。ほかにビデオカメラも仕込んでいました」

庵堂は平気な顔で、天井から部屋を照らしていた照明を指した。

「三百六十度撮れるカメラです。内山がここを襲撃することはわかっていたので、犯行の一部始終を記録しています」

「襲撃することが……わかってたあ？」

「鈴をつけたと言ったでしょう？　この部屋も、内山自身の携帯も、どちらも盗聴していたのです。あとはブログとSNS。今夜のような豪雨の晩が、証拠を残さず最適だと思っていたので」

蒲田は天井を仰ぎ見て、次に飯野を窺った。彼女は取り乱すことなく佇《たたず》んでいる。

「飯野は……もしかして……知ってたの？」

飯野は深く頷いた。

「蒲田くん、ごめんね。あの人が犯行を告白して、本当に人を殺そうとするところを撮らなきゃならなかったの。盗聴器はね、私が危険な目に遭わないか、監視する目的で付けたのよ。まさか蒲田くんがそれに気がつくと思わなかったし、途中でお芝居もやめられなくて。ほら、蒲田くんはすぐ顔に出ちゃうから」

「アナタ、どうして盗聴器に気づけたの？　カメラがあったからよかったけれど、盗聴器を外されてしまったら、ピンチに駆けつけることができなかったかもしれないじゃないか」

それは縁を疑ったからだと、とても蒲田は白状できない。

代わりに真壁が文句を言った。

「ピンチに駆けつけるって言いますけどね、ピンチもピンチ、大ピンチだったじゃないですか。俺なんか、あと一刺しで死んでいたところだったんですよ」

けっこう本気で怒っている。

「うん。ホントに大ピンチだったよね。こっちもさ、ハラハラしちゃった」

涼しげな顔でキサラギが笑う。

「警察が来たら事情を話して、この部屋を調べてもらうといいよ。警察は天井の防犯カメラを見つけるだろうし、映像が証拠になるだろうから」

「ていうか、カメラを仕掛けたの、雨宮先生じゃないですか」

「そうだけど、そこは飯野さんが仕掛けたと言うべきだよね」

「警察が見つけなかったら私が言います。この人の犯行を撮るために仕掛けておいたと」

飯野の言葉を聞くと、キサラギはニタリと笑った。

「大丈夫。ボクと庵堂が映り込む前で、映像はストップしているからね」

呆れ返ったという顔で、真壁がキサラギを睨んでいる。

「あとさ、内山の自宅を家宅捜索してもらうといいよ。手に掛けた人たちの写真コレクション、目立つ場所に貼ってあると思うんだ。ワイドショーは大騒ぎだね」

「ちくしょうーっ！」

内山は叫び、激しく身体をよじったが、庵堂が縛り上げたコードはびくともしない。涙と涎《よだれ》と鼻水を流して、イモムシのように転がっている。彼を警察に引き渡したら、飯野が部屋を掃除するのを手伝ってやろうと蒲田は思った。

パトカーのサイレンがけたたましくなり、開け放した玄関の向こうで、雨に濡れた建物の壁が赤色灯を反射している。

「それじゃボクらは帰るから、あとはよろしく真壁さん。警察って嫌いなんだよ。あ、そうだ。原稿の〆切り、二日だけ遅らせてもらえないかな」

「いいですけど、その分ゲラを急がせますよ」

オッケーと言う代わりに片手を挙げて、縁は庵堂と帰っていった。

雨脚が次第にゆるくなり、ついに内山が泣き出したとき、蒲田は飯野を見守っていた。窓辺に並んだ写真を見下ろし、彼女はそっと指先で、亡きご主人の姿をなぞっていた。


【平成最後の殺人鬼・事故死とされていた犠牲者続々】


犠牲者遺族の泣き顔を撮った大量の写真が内山祐二の自宅から見つかると、テレビも新聞も週刊誌も、連日連夜その狂気を報道し続けた。

結果的にこの件を深く取材する羽目になった真壁は単行本の企画を通し、遺族のショックが癒《い》えるのを待って作品に仕上げる約束を雨宮縁に取り付けた。飯野のマンションで内山と対峙《たいじ》した約ひと月後、黄金社の打ち合わせ室で、一連の経緯を説明したあと、真壁は言った。装丁デザインは蒲田くんにお願いするからと。

打ち合わせ室はエアコンが効いて、広い窓にブラインドが下がっている。季節は進み、夏が来て、ブラインドなしには過ごせない暑さになっていたからだ。

あの夜、亡きご主人に対する飯野の変わらぬ愛情を目の当たりにして、蒲田は複雑な気持ちがしたが、それでこそ飯野だとも思い、今まで通り友人として、彼女を見守って行こうと決めた。警察の事情聴取に協力し、真壁と三人でご主人の墓前へ犯人逮捕の報告にも行った。墓地を出るとき、飯野は明るい表情で、

「蒲田くん。私、雨宮先生の事務所を辞めて、別の会社で働くことにしたのよね」

と宣言した。就職先はかつてご主人が勤めていた『のぞね書房』で、縁の発案で真壁が取り持ってくれたのだという。

「まあ、俺はさ、書店さんに話を通しただけだよ。先方も喜んでくれたしね、飯野さんは優秀だから、今後も黄金社の本をバンバン売ってくれるだろうし」

「もちろん売ります。黄金社も、ほかの出版社の本も」

飯野はそう言ってから、空を仰いで蒲田に伝えた。

「雨宮先生は、ずっと、そうするのがいいって考えてくれていたみたいなの。だけどあの人が外にいると」

あの人とは内山祐二のことだ。

「また私にちょっかいを出すと思ったんですって。だから私が社会に出る前に捕まえておくことにしたんだって」

雨宮縁こそ本物のハンターだという蒲田の意見は変わっていないが、少なくとも飯野に関しては、ジェントルマンを通してくれたのだと思う。

「飯野に書店員さんはピッタリだよね。メチャクチャ本が好きだから」

くるりと身を翻し、後ろ向きに歩きながら飯野が微笑む。

「うん。本が大好き。誠二さんもそうだった」

青々とした空に入道雲が湧いている。墓地の各所で蟬《せみ》が鳴き、風に太陽が香っている。

蒲田はほんの少しだけ、ほろ苦いものを感じた。

エピローグ

七月下旬。蒲田は今日も真壁に呼び出され、都内某所で盛大に執り行われている告別式に、カメラマンとして潜入していた。

残骨灰や直葬を取材したことで、真壁は豪華な葬式にも興味が湧いてきたのだという。有名寺院を借り切って、数千人規模で執り行われているのは、なんと帝王アカデミーの社葬で、五十代の社長が急逝し、遺族と会社が合同で執り行う葬儀であった。真壁の注文はざっくりしていて、葬儀の参列者をなるべく多く隠し撮りして欲しいという。本を書くには両方の取材が必要だなどと、もっともらしい動機を語っているものの、蒲田には、真壁が何か大きなヤマを摑もうとしていることがわかっていた。

一般弔問客に交じって焼香の列に並んでいるとき、真壁はこっそり耳打ちしてきた。

「蒲田くんは知ってるかなあ。もう十五年も前になるんだけどさ」

「十五年前なら、ぼくは高校生ですね」

「そうか。じゃ、知ってるかもな、この会社って——」

　真壁は一層声を低くした。

「——もとは精神科のクリニックから始まっているんだけどさ、一家五人殺傷事件っていうのがあったろう？」

「え。いつ頃ですか？　って、十五年前？　一家五人？　どこで、ですか」

「千葉だよ。大型で強い台風が上陸した夜に、夫婦と子供が襲撃された事件があって」

「そうでしたっけ？　真壁さん、よく覚えてますねえ」

「本にしようと思って調べたからな。日付は十月九日だったよ」

「そんな本を出しましたっけ？」

　真壁は切れ長の目をしばたたいた。

「いや。出してない。帝王アカデミーの横槍《よこやり》で企画は流れたんだよね。被害に遭ったのが初代社長と、その家族だったから」

「え」

　蒲田はいやな顔をした。

「そんな本は出さないほうがいいですよ。人の不幸を飯の種にしちゃダメです」

「別に不幸で飯を喰おうとしたわけじゃない。不可解なことの多い事件だったから、その謎を」

「不可解なことがあったんでしたっけ？　ニュースで騒いでいたのは覚えている気が……

たしか、子供も襲われて……」

蒲田は宙を見上げて訊いた。

「結局どういう事件でしたっけ」

「一家の住まいは森の中だった。森の中というか、屋敷森を持つ家といえばいいのかな。嵐の夜に父親から110番通報があって、警察が駆けつけたとき、夫婦は二階で、子供たちは庭で倒れて見つかったんだ。当時長男は十二歳。次女が六歳。社長は再婚で三人の子供がいたが、十八歳の長女が最初の妻の子、下の二人が夫婦の子供だ。体中をメッタ刺しにされて夫婦は死亡。子供たち二人は重態」

真壁は思い出そうとして眉間に縦皺を刻んだ。

「酷いな、子供にまで手を出すなんて。でも、犯人は捕まったんでしたよね？」

「大分時間が経ってから、長女の交際相手が捕まった。自称交際相手というか、ストーカーというか、両親に交際を禁じられたことが犯行動機だったんだよな」

焼香の列は遅々として進まない。真壁と会話しながらも、蒲田は小型カメラで写真を撮る。

「最近は多いですよね。ストーカー犯罪って」

「うむ。だけど長女だけは無事だったんだ」

「そうでしたっけ？　どうしてですか？」

「たまたま高校の行事があって、泊まりで出かけていたんだよ。長女は家にいなかった」

強運の持ち主というのは、いるものだ。それでもショックを受けたことだろう。内山のような事件に関わったあとでは余計に、生き残った長女が痛ましい。

「こんな大きな会社にも、そんな不幸な過去があったんですね。でも、それってほとんどの人は知らないんじゃ」

「この話にはまだ続きがあって、犯人は拘置所で首を吊《つ》って死んだんだ」

「あ……なんか、聞いていたような気がしてきました」

読経《どきよう》の声がスピーカーから流れ始めた。巨大な寺院の、巨大な本堂へ近づくにつれ、線香の匂いが鼻を衝《つ》く。これほどの参列者を迎える企業に、そんな忌《いま》わしい過去があったとは、蒲田は知る由《よし》もない。

「あれ。じゃ、結局、今の会社はどうなっているんです?」

真壁はスッと目を細め、線香の匂いを吸い込んだ。

「会社は長女が引き継いだ。今日の仏さんは現社長だけど、長女の亭主で、長女が喪主《もしゆ》だ。長女はけっこうメディアに露出しているよ。知らないかなあ、眉目秀麗《びもくしゆうれい》で……ええと」

喪服を広げて内ポケットを確認し、真壁は言った。手帳を出す前に名前を思い出したらしい。

「結婚して名字が変わって、月岡玲奈《つきおかれいな》だったかな。年齢は三十三歳。今日の喪主だ。周囲にいるのが役員で、年配の人がいたら親族だろう。だから、よろしく頼むよ」

どんな本を作ろうとしているのだろうと、蒲田は興味深く思ったが、訊ねたところで、どうせ真壁は答えない。多めに取材費をもらった手前、参列者の障《さわ》りにならぬよう撮るだけだ。本堂が近づくにつれて焼香の列は次第に狭まり、不謹慎な噂《うわさ》話もできなくなった。高さ三メートルもあろうかという花輪が参道を飾り、線香の匂いはますます強くなる。

花輪は本堂の周囲にも立ち並び、その下に生花が隙間なく置かれている。供花《くげ》に添えられた名前は、大手企業、病院、製薬会社、大学に研究室、ほかにスポーツ選手や芸能人など、きらびやかなものばかりだ。喪服で会場を取り仕切るのは社員たちで、誰を見てもそつがない。次々に写真を撮っていくうちに、メモリが足りるだろうかと心配になってきた。それほどに被写体は後を絶たない。ようやく祭壇が見えてきたとき、辛抱強く焼香の順番を待っていた蒲田たちの脇を、一人の青年が追い抜いていった。

細身のスーツに身を包み、胸に白い百合《ゆり》を挿《さ》し、微かな風を巻き起こしながら颯爽《さっそう》と先へ行く。傍若無人《ぼうじゃくぶじん》な行動を誰一人咎《とが》めなかったのは、青年が強いオーラを発していたからだ。ひしめき合う参列者など見えぬかのように前を向き、脳天から一本の糸で吊られたように背筋を伸ばし、王が玉座《ぎょくざ》へ向かうように堂々と、大手を振って前へ行く。

人垣が割れて、再び閉じる。蒲田も真壁もその姿に釘付《くぎづ》けとなって、彼が焼香台には目もくれず、喪主である月岡玲奈の前に立つのを見ていた。

「義兄《にい》さんが死んだと聞いて、お悔《く》やみに参上しました」

青年の凛《りん》として透き通った声があたりに響く。堂内の空気が張り詰めて、黒いベールで顔を覆った月岡玲奈が、立ち上がって青年と向き合った。青年は恭《うやうや》しく膝を折り、それから彼女のベールに顔を寄せ、口づけをするかと思うほど近づいた。

その様子を祭壇の下から見上げていた蒲田は、青年の眼が一瞬だけ自分に向くのを感じて戦《おのの》いた。あの眼差しを知っている。深く澄み、そのくせ凍るような眼光は、『サイキック』のキサラギだ。青年は再び蒲田に眼を向けると、眼を逸らさずに、喪主の耳元へ囁いた。声は聞こえなかったが、わざとらしい唇の動きで、蒲田は彼が何を言っているのか理解した。

――ネエサン　オメデトウ　マタ　ツミヲ　オカシタンダネ――

姉さん、おめでとう。また罪を犯したんだね。

月岡玲奈が彼の頬を打つかと思ったが、蒲田の予想は裏切られ、実際に見たのはまったく別の光景だった。彼女は青年の頬に手を添えて、この上もなく魅力的に微笑んだのだ。ひとことも喋らず、ただ微笑んで。ハラハラと涙を流した。

呆気《あっけ》にとられて二人を見守っていた役員たちが席を立ち、青年の脇に走り寄る。強引に退場させようとした途端、青年は優雅に踵《きびす》を返して、来た時と同じように会場を出て行った。

つ、カツ、つ、カツ。

ごくわずかに片足を引きずっている。蒲田は夢中でシャッターを切り、真壁に訊いた。

「あれってもしや、雨宮先生なんじゃ？」

もちろん真壁も、青年を目で追っている。

「俺もそう考えていた」

「何か、別のシリーズですかね？　あんなキャラって、いましたっけ」

青年の姿はもう見えない。容《い》れ物なしでは水が形を保てないように、無数の黒い人垣に、凜とした姿は呑み込まれてしまった。

ゆっくり前を向きながら、真壁は首を傾げている。

「いや、おかしいな。先生の著作にあんなキャラクターは出てこない」

祭壇にも人の波が戻って、しめやかに読経の声が響いている。喪主は再び参列者に向き合い、終わることのないお悔やみの声に頭を下げる。

――また罪を犯したんだね――

聞こえなかったはずの青年の囁きが、蒲田の脳裏にこだまする。

蒲田は、雨宮縁の小説の世界に、まだ囚《とら》われ続けているのだと思った。

to be continued

スマイル・ハンター

一〇〇字書評

切り取り線

購買動機（新聞、雑誌名を記入するか、あるいは○をつけてください）	
□（　　　　　　　　　　　）の広告を見て	
□（　　　　　　　　　　　）の書評を見て	
□ 知人のすすめで	□ タイトルに惹かれて
□ カバーが良かったから	□ 内容が面白そうだから
□ 好きな作家だから	□ 好きな分野の本だから

・最近、最も感銘を受けた作品名をお書き下さい

・あなたのお好きな作家名をお書き下さい

・その他、ご要望がありましたらお書き下さい

住所	〒				
氏名		職業		年齢	
Eメール	※携帯には配信できません		新刊情報等のメール配信を 希望する・しない		

この本の感想を、編集部までお寄せいただけたらありがたく存じます。今後の企画の参考にさせていただきます。Eメールでも結構です。

いただいた「一〇〇字書評」は、新聞・雑誌等に紹介させていただくことがあります。その場合はお礼として特製図書カードを差し上げます。

前ページの原稿用紙に書評をお書きの上、切り取り、左記までお送り下さい。宛先の住所は不要です。

なお、ご記入いただいたお名前、ご住所等は、書評紹介の事前了解、謝礼のお届けのためだけに利用し、そのほかの目的のために利用することはありません。

〒一〇一‐八七〇一
祥伝社文庫編集長　坂口芳和
電話　〇三（三二六五）二〇八〇

祥伝社ホームページの「ブックレビュー」からも、書き込めます。
www.shodensha.co.jp/bookreview

祥伝社文庫

スマイル・ハンター　憑依《ひょうい》作家《さっか》 雨宮《あまみや》縁《えにし》

令和 2 年 3 月 20 日　初版第 1 刷発行

著　者　内藤《ないとう》 了《りょう》
発行者　辻　浩明
発行所　祥伝社《しょうでんしゃ》
東京都千代田区神田神保町 3-3
〒 101-8701
電話　03（3265）2081（販売部）
電話　03（3265）2080（編集部）
電話　03（3265）3622（業務部）
www.shodensha.co.jp
印刷所　堀内印刷
製本所　ナショナル製本
カバーフォーマットデザイン　芥 陽子

Printed in Japan ©2020, Ryo Naito ISBN978-4-396-34609-6 C0193

祥伝社文庫の好評既刊

安東能明
限界捜査
人の砂漠と化した巨大団地で消息を絶った少女。赤羽中央署生活安全課の疋《ひき》田《た》務《つとむ》は懸命な捜査を続けるが……。

安東能明
侵食捜査
入水自殺と思われた女子短大生の遺体。彼女の胸には謎の文様が刻まれていた。疋田は美容整形外科の暗部に迫る――。

安東能明
ソウル行最終便
日本企業が開発した次世代8Kテレビの技術を巡り、赤羽中央署の疋田らが韓国産業スパイとの激烈な戦いに挑む！

安東能明
彷徨捜査 赤羽中央署生活安全課
赤羽に捨て置かれた四人の高齢者の身元を捜す疋田。お国訛りを手掛かりに、やがて現代日本の病巣へと辿りつく。

矢月秀作
D1 警視庁暗殺部
法で裁けぬ悪人抹殺を目的に、警視庁が極秘に設立した〈暗殺部〉。精鋭を擁する闇の処刑部隊、始動!!

矢月秀作
警視庁暗殺部 D1 海上掃討《そうとう》作戦
遠州灘沖に漂う男を、D1メンバーが救助。海の利権を巡る激しい攻防が発覚した時、更なる惨事が！

祥伝社文庫の好評既刊

矢月秀作　人間洗浄（上）　D1警視庁暗殺部

国際的労働機関の闇を巡る実態調査は危険過ぎる。しかし、日本でも優秀な技術者が失踪して――。どうするD1？

矢月秀作　人間洗浄（下）　D1警視庁暗殺部

技術者失踪を追い、組織へ潜入を試みたリーダー周藤が撃たれた！　とことんやり返す逆襲の弾丸を喰らえ！

恩田　陸　不安な童話

「あなたは母の生まれ変わり」――変死した天才画家の遺子から告げられた万由子。直後、彼女に奇妙な事件が。

恩田　陸　puzzle〈パズル〉

無機質な廃墟の島で見つかった、奇妙な遺体！　事故？　殺人？　二人の検事が謎に挑む驚愕のミステリー。

恩田　陸　象と耳鳴り

上品な婦人が唐突に語り始めた、象による殺人事件。彼女が少女時代に英国で遭遇したという奇怪な話の真相は？

恩田　陸　訪問者

顔のない男、映画の謎、昔語りの秘密――。一風変わった人物が集まった嵐の山荘に死の影が忍び寄る……。

〈祥伝社文庫　今月の新刊〉

石持浅海
賛美せよ、と成功は言った
成功者となった仲間を祝う席で、恩師を殺させたのは誰？　美しき探偵・碓氷優佳が降臨。

内藤　了
スマイル・ハンター　憑依《ひょうい》作家　雨宮《あまみや》　縁《えにし》
幸福な人々を奈落に堕とし、その表情を集める異常者――犯罪の迷宮を雨宮縁が崩す！

西村京太郎
北軽井沢に消えた女
嬬恋とキャベツと死体
キャベツ畑に女の首!?　名門リゾート地を騙る開発計画との関係は？　十津川警部が挑む。

山崎洋子
誰にでも、言えなかったことがある
両親の離婚に祖母の入水自殺……。江戸川乱歩賞作家が波乱の人生を綴ったエッセイ。

宮津大蔵
ヅカメン！　お父ちゃんたちの宝塚
池田理代子先生も感動！　夢と希望の宝塚歌劇団を支える男たちを描いた、汗と涙の物語。

鳥羽　亮
仇討双剣《あだうちそうけん》　介錯人・父子斬日譚
殺された父のため――仇討ちを望む幼き旗本の姉弟に、貧乏道場の父子が助太刀す！

野口　卓
木鶏《もっけい》　新・軍鶏《しゃも》侍
齢十四、元服の時。遠く霞む父の背を追い、道場の頂点を目指して、剣友と鎬を削る。